Andreas Steinberger

Leuchtturm Hellblau

Ich wiedergebe buchstäblich

Roman

Bibliografische Information der Deutschen Nationalbibliothek:
Die Deutsche Nationalbibliothek verzeichnet diese Publikation in der
Deutschen Nationalbibliografie; detaillierte bibliobrafische Daten sind
im Internet über http://dnb.dnb.de abrufbar.

Deutsche Erstausgabe Juli 2017
Copyright © 2017 Andreas Steinberger
Lektorat: www.TextwerkstattAnnePaulsen.de
Korrektorat: Marion Voigt, www.folio-lektorate.de
Cover: Andrej Semnic aka semnitz, semnitz@gmail.com
Satz und Lyout: Andreas Steinberger, andreas.steinberger@gmx.de
Gesetzt in der Garamond und der PT Serif
Herstellung und Verlag: BoD – Books on Demand, Norderstedt

ISBN: 978 3 7448 7333 8

FÜR SR. DOMITILLA

Andreas Steinberger wurde 1979 in Altötting geboren und lebt heute in Hilzingen im Hegau.
Er erlernte einen handwerklichen Beruf, wurde später von Haruki Murakamis schriftlicher Ausdruckskraft zum Schreiben inspiriert und arbeitet seither so gut wie täglich an seinen eigenen Geschichten.

Inhalt

VORWORT

Alle Namen, handelnden Personen und Begebenheiten sind Vermengungen meiner Fantasie. Wie die Fäden im Einzelnen miteinander verknüpft wurden oder wie alles in seiner Ursprünglichkeit existierte und ob überhaupt, weiß vermutlich nicht einmal sie. Daher bitte ich Personen- oder Namensähnlichkeiten, auch in Verbindung mit eventuell zusammenhängenden Situationen, zu entschuldigen. Sie sind wirklich nicht beabsichtigt.

Vor einem weißen Blatt Papier geschehen merkwürdige Dinge.

Die Hübsche würde vermutlich sagen: »Die Informationen kamen aus dem morphogenetischen Feld.«

Und dafür kann niemand verantwortlich sein; nicht einmal das morphogenetische Feld.

Was … Sie kennen die Hübsche nicht? Sie werden sie schon bald kennenlernen. Herr Leuchtturm Hellblau wird Ihnen von ihr erzählen.

DAS KENNENLERNEN

Hallo, lieber Leuchtturm Hellblau. Schön, dass ich dich nun endlich habe. Kurz vor dir hatte ich auch schon einen erhalten, auch so wie du in Hellblau und ganz neu. Nur hat der gerochen, als wäre er bereits hundert Jahre alt, weshalb ich ihn auch gar nicht erst angenommen habe. Das war schade, wo ich doch seine Schönheit und die Qualität gesehen habe. Da war ich schon etwas enttäuscht, muss ich dir sagen, denn ich habe ein Auge für Qualität und weiß sie zu schätzen. Lieber gebe ich etwas mehr Geld aus, habe dann aber etwas Gutes, etwas Durchdachtes und liebevoll Hergestelltes.

Wie auch immer, als ich deinen Vorgänger gesehen habe, war ich sofort in ihn verliebt. Er war so schön und alles war durchdacht und durchdrungen von Qualität. Wobei es mir schwerfällt, zwischen Schönheit, Durchdachtheit, Qualität und so zu unterscheiden. Ich finde, das ist alles das Gleiche. Man drückt es mit den unterschiedlichen Worten nur spezifischer aus. Im Grunde genommen könnte man sagen, dass hinter jeder dieser Bezeichnungen die Liebe steckt. Sie schwingt in diesen Begriffen sehr stark mit. Das dürfte jeder beobachten können. Menschen natürlich. Ich weiß nicht, wie das bei dir ist, lieber Leuchtturm Hellblau. Doch normalerweise sollte etwas, was mit so viel Liebe gemacht wurde wie du und dies auch ausstrahlt (zumindest auf mich), auch dieselbige empfinden können. Wenngleich, das mit der Liebe ist ja sehr subjektiv. Findest du nicht? Ein anderer, der dich sieht, denkt vielleicht und äußert es womöglich auch noch, dass er dich von Grund auf hässlich und unpraktisch findet, und kann meine Empfindung überhaupt nicht nachvollziehen. Jeder liebt eben das, was er lieben soll.

Wo waren wir jetzt stehen geblieben? Ach ja … dein Vorgänger. Wie gesagt, mein Herz brannte für ihn, bis ich meine Nase hineinsteckte. Nein, das ging einfach nicht. Er müffelte schrecklich. Eine Woche später wurdest du mir dann vorgestellt. Und was soll ich sagen, vielleicht weißt du es ja selbst. Du hast ebenso gerochen; so wie es auf feuchten Dachböden riecht. Aber ich wollte dich nicht auch schon wieder hergeben, du glichst ja deinem Vorgänger bis ins Detail. Deshalb habe ich an mehreren Stellen Papier verteilt, das ich mit Acqua di Giò von Giorgio Armani besprühte. Und ich glaube, es wirkt. Warten wir mal ab, aber bis jetzt rieche ich nichts mehr von dem Moder. Ich glaube, dir ist das eh einerlei. Vielleicht ist die Farbe das Problem, vielleicht wäre der Mief auch irgendwann verflogen, nur schreibt es sich bei so einem Geruch nicht besonders; und letztlich habe ich dich ja unter anderem deshalb gekauft, um in Ruhe schreiben zu können. Und dazu brauche ich einfach einen Leuchtturm in Hellblau. Mit keinem anderen Objekt würde es funktionieren. Unmöglich. Ich hatte ja im Internet verglichen und sofort gewusst: Nur ein Leuchtturm kommt infrage. In Videos habe ich gesehen, wie du gemacht wirst, und sofort gespürt, dass diese Firma nicht nur produziert, sondern mit Liebe am Werk ist.

Und es musste unbedingt einer in Hellblau sein, so wie du, weil nur diese Farbe zu meiner Geschichte passt. Weißt du, Leuchtturm Hellblau, deine Farbe lädt nämlich ein zum Träumen. Sie ist hell und heiter, sie geht nach oben und beschwingt mich. Ja, sie erinnert an einen schönen Sommertag mit blauem Himmel. Ideal zum Schreiben, das manchmal schon anstrengend ist, und da wirkt so ein Farbton sehr angenehm.

Ja, und wenn wir unsere Reise dann beendet haben, lieber Leuchtturm Hellblau, dann kaufe ich mir vielleicht noch einen in einer anderen Farbe, die dann zu einer anderen Geschichte passt. Nein, keine Angst, dich gebe ich nicht her. Ich finde einen schönen Platz in meiner Wohnung für dich, denn uns wird ja eine intensive Zeit verbinden. Wie könnte ich dich da einfach abgeben?

Ach ja, hatte ich es schon gesagt? Wir werden sehr bald auf eine Reise gehen. Du und ich. Ja, ich nehme dich mit. Irgendwie passt du schon noch in den Rucksack. Bist zwar nicht der Kleinste, aber das geht schon. Der Termin steht. Am zwölften April geht es los. Du und ich mit dem Zug nach Ulm. Für drei Tage. Ja, da staunst du, was? Das wird deine erste Reise und das Beste ist: Du erzählst anschließend den Menschen, was ich erlebt habe. Jetzt haut es dich von den Socken, nicht wahr? Du fragst dich bestimmt, wie du, der noch nie ein Wort von sich gegeben hat, eine Reise-geschichte erzählen soll. Ja ja, du wirst sehen, das geht von ganz alleine, brauchst dir keine Sorgen machen.

Ich habe mich in Ulm zu einem Seminar angemeldet. Ein ganz besonderes Seminar. Ich weiß nicht, ob es mir wirklich bei meinem Problem helfen wird, doch ich bin zuversichtlich. Wir müssen das jetzt angehen, wer weiß, ob sich die Gelegenheit noch einmal bietet. Sei dir sicher, ich bin genauso gespannt wie du. Mehr verrate ich dir nicht. Oder vielleicht noch, dass ich gestern einen Anruf mit den genaueren Anweisungen bekommen habe. Ein Mann mit einer monotonen Redeweise und tiefer Stimme gab sie mir durch das Telefon und ich sollte alles mitschreiben.

Er sagte eindringlich:

»Erstens: Was Sie nicht mitbringen dürfen:«

Pause.

»Handy und auch keine anderen W-LAN-fähigen Ge-räte.«

Pause.

»Keine Symbole als Aufkleber, Kette oder sonstige Trä-ger.«

Wieder sprach er eine Weile nichts.

»Keine Edelsteine oder andere scheinbare Glücksbrin-ger.«

Er ließ mir immer sehr viel Zeit zum Aufschreiben, bevor er den nächsten Befehl erteilte. Seine Stimme war schauderhaft, ich nahm das Handy vom Ohr und stellte den Lautsprecher an.

»Keine Körperpflegemittel ausgenommen Wascherde.«

Während ich auf die nächste Forderung wartete, war es

ganz still in der Leitung. Meine Wahrnehmung fokussierte sich auf die Stille, versuchte, ein Nebengeräusch zu hören; und ich erschrak mich jedes Mal zu Tode, wenn seine Stimme wieder aus dem Handy schallte.

»Keine Engel oder andere Astralwesen.«

Puh, Leuchtturm Hellblau, da war ich erst einmal baff. Was es so alles gibt, oder? Was dachte der denn von mir? Dass ich Engel oder was weiß ich für Wesen an der Leine mitbringe? Eijeijei, ich hoffe nicht, dass das ein Esoterikseminar oder so ein Weltverschwörungskack ist.

»Zweitens: Was Sie mitbringen müssen:«

Pause.

»Ein Klistiergerät.«

Wollte ich sowieso mitnehmen.

»Weiße Kleidung. Helle ungern. Dunkle wird nicht geduldet.«

Oh Mann, das wird schwierig, dachte ich. Langsam ergriff mich der Eindruck, in einer Sekte zu landen. Wenn ich mir vorstelle, alle sind in Weiß und der Mann am Telefon steht vorne an einem Pult, na dann, gute Nacht um sechs.

»Schreibmittel.«

Mein Bleistift war schon ganz zerbissen, ich wippte ihn in den Pausen immer zwischen Zeige- und Mittelfinger. Zwei G2-Roller würde ich mitnehmen.

»Vierhundertfünfzig Euro Energieausgleich.«

Die Pausen kamen mir ewig vor und wann behauptet man so was schon, Leuchtturm Hellblau? Langsam beschlich mich auch ein unbefriedigendes Gefühl, aber ich hatte mich ja schon angemeldet. Würde ich absagen,

15

kostete mich das die Hälfte des Energieausgleichs, wie er es so schön formulierte. Und zweihundertfünfundzwanzig Euro kann ich auch nicht einfach so zum Fenster hinauswerfen. Na ja schon, aber wäre schade drum. Ich hoffe nur, dass es nicht so ein spiritueller Kindergartenscheiß wird. Dafür wäre mir das Geld wirklich zu schade. Soll ich mir das wirklich antun? Wir fahren da jetzt einfach hin, dachte ich, und wenn es zu kitschig wird, verziehen wir uns einfach.

Zum Schluss sagte er:

»Sie werden am zwölften April um acht Uhr am Hauptbahnhof Ulm erwartet, von wo aus Sie zum Ort des Seminars bewegt werden.«

Bewegt werden.

»Haben Sie alles notiert?«

»Ja«, antwortete ich und hörte, wie der Hörer aufgelegt wurde.

Jetzt, wo ich dir das so erzähle, bin ich doch ein wenig hin und her gerissen. Wieso bin ich auch immer nur so voreilig? Schieße immer gleich rein ins Geschehen. Zweihundertfünfundzwanzig Euro wären aber immer noch besser, als in einer Sekte oder einer esoterischen Einweihung zu landen, das habe ich schon hinter mir, Leuchtturm Hellblau. Wir könnten stattdessen eine andere Reise unternehmen. Für zwei Übernachtungen in München könnte es reichen. Vielleicht sogar für eine billige Pauschalreise nach Wien, für zwei Nächte. Nein, nein, Leuchtturm Hellblau, so einen Billigscheiß unterstützen wir nicht. Da machen wir nicht mit. Ach, ich bin echt am Überlegen.

Das lassen wir auf uns zukommen.

So, lieber Leuchtturm Hellblau, ich glaube, das war es fürs Erste. Jetzt sind wir uns doch schon ein bisschen näher gekommen und mal ganz ehrlich: Du duftest jetzt schon wesentlich besser. Fast schon wie eine Cattleya in der Mittagssonne. Na ja, vielleicht nicht ganz. Grins. Aber es fehlt nicht mehr viel und du gehst als Allegorie für Qualität durch. Grins. Mach's gut, mein Guter, ich melde mich wieder.

Die Fahrt

Guten Morgen, lieber Leuchtturm Hellblau, jetzt geht es los. Du duftest ja immer noch nach Acqua di Giò. Ganz schön früh heute Morgen. Fünf Uhr zweiundzwanzig. Gleich fährt der Zug los und um Viertel vor acht dürften wir dann in Ulm sein. Ja, Ulm. Das machen wir jetzt einfach. Ich muss ja eine Lösung für mein Problem finden, da bringt es nichts, wenn wir an der Isar herumschlendern. Ich bin mal gespannt, ob dort überhaupt jemand erscheint. Aber wenn die Geld wollen, das hab ja immer noch ich.

Hast du den neben uns schon gesehen, den schwarz gekleideten Mann? Der halbe Zug ist frei und er setzt sich genau neben uns, mit Blick in die entgegengesetzte Richtung. Oben hat er keine Lippe und die untere ist aufgeblasen wie ein schlecht gewordener Käsebeutel. Er streckt immer lasch seine Zungenspitze raus. Das sieht aus, als ob er die zweite Lippe sucht. Manchmal zieht er sie gar nicht mehr zurück. Sie steht dann einen Zentimeter raus, sodass er ausschaut wie ein Mops. Jetzt geht er. Ob er sich beobachtet fühlte? Ein bisschen skurril war der schon. Hast du gesehen, ob er ausgestiegen ist?

Na ja, egal. Also, der Mann am Telefon sagte, dass wir am Bahnhof abgeholt werden. Oder besser gesagt, wir werden erwartet und zum Ort des Seminars bewegt. Was für eine Sprache, oder? Da kommt man sich ja vor wie ein Vieh in einem Transporter auf dem Weg zum Schlachthof. Alles ein bisschen seltsam. Wir dürfen nicht einmal wissen, wo der genaue Standort ist, an dem die drei Seminartage stattfinden. Besser gesagt ich darf das nicht wissen, denn von dir weiß ja keiner was, und außerdem bist du ja ein Leuchtturm. Ich hätte mir gerne mal in Google Earth die Gegend angeschaut.

Mann, der Zug wackelt aber auch. Was meinst du, Leuchtturm Hellblau, gibt es zu viele Menschen auf der Erde? Nicht, dass ich ein Problem damit hätte, es ist mir nur gerade aufgefallen, dass fast alle Reisenden für sich sein wollen. Jeder hat entweder ein Smartphone, einen E-Book-Reader, ein Buch, eine Zeitschrift oder sonst irgendwas in der Hand beziehungsweise im Ohr. Sie wollen für sich sein und in Ruhe gelassen werden. Ich meine, immerhin sind wir jetzt schon über sieben Milliarden, da ist es doch nicht unvorstellbar, dass wir an Orten, wo viele von uns herumlaufen, genug von uns haben.

Friedrichshafen Landratsamt. Ein schön geteerter Fahrradweg, auf dem es sich bestimmt gut mit dem Tretroller fahren lässt. Weil ich mir doch neulich so ein Ding gekauft habe.

Der Zug wird voller. Hinter mich muss sich jemand gesetzt haben, mit Kaugummi im Mund. Obgleich ich Kaugummis nicht gerne rieche, empfinde ich den Duft als angenehm. Das Spearmint-Aroma überdeckt den Dunst der Menschenmenge.

Wie spät ist es eigentlich? Draußen ist es schon hell und ich habe jetzt schon den zweiten blühenden Magnolienbaum gesehen, auch viele von den Sträuchern, die um die Osterzeit kräftig gelb blühen.

Gerade sind wir an einem Friedhof vorbeigefahren, an dem sich unmittelbar daneben ein Spielplatz befindet und dann noch ein Tennisplatz. Wie lustig. Der ewige Kreis.

Ravensburg. Hier steigen viele aus. Die Frau, die den Platz von dem schwarz gekleideten Mops eingenommen hatte, bleibt sitzen. Ich bin schon lange nicht mehr unter so zahlreichen Menschen gewesen wie jetzt. Es verändert sich alles sehr schnell.

Ah, jetzt hat sie auch ein Gerät aus ihrer Handtasche gekramt und wischt darauf rum. Ein Tablet. Ich glaube mit dem Apfel auf der Rückseite. Was sie wohl über mich denkt? Wie kann der am frühen Morgen schon schreiben oder so. Egal, es ist ruhiger geworden, Leuchtturm Hellblau. Die Frau tätschelt lächelnd das Tablet. Sie trägt einen schlichten goldenen Ehering. Passt gar nicht zu ihr. Mann, das verdammte Wackeln des Zuges geht mir auf den Sack. Pardon, Leuchtturm Hellblau, aber wie geht es dir damit?

Schon wieder ein Friedhof. Direkt neben einem alten Bauerndorf, vor dem Kühe gemütlich im hellgrünen Gras chillen.

Biberach (Riss). Bedeckt, nass und bestimmt kalt. Ich stelle mir gerade vor, wie der Zoll meinen Rucksack durchsucht, das Einlaufgerät findet, es hochhebt und schmunzelnd begutachtet. Das wäre schön peinlich. Aber das ist nun mal eines der Dinge, die auf der Liste der mitzubringenden Utensilien stehen. Und dieser düsteren Stimme widersetzen wir uns besser nicht, lieber Leuchtturm Hellblau. Mitgenommen hätte ich es eh.

Sieben Uhr fünfundzwanzig. Noch zwanzig Minuten. Ich habe gerade gesehen, wie die Frau mit dem Pencil Kleidung auf dem Tablet skizziert. Sie sieht gar nicht aus wie eine Designerin, eher wie eine Biotante. Du, da fällt mir einer ein:

Zwei Bauernpaare versuchen sich am Nachwuchs. Das eine Pärchen baut konventionell an und das zweite biologisch. Was kommt aus der Bauersfrau heraus, die konventionell anbauen? Na, weißt du's? Ein Kind natürlich.

Okay, und was meinst du, was aus der Biobäuerin herauspurzelt? Grins. Nichts natürlich, denn Biobauern spritzen nicht.

So, mein lieber Herr Leuchtturm, ich werde mich jetzt ein bisschen zurückziehen, wir sind ja bald da und du hast sicherlich auch schon genug von mir. Ich melde mich wieder.

Erster Seminartag

Guten Morgen, mein lieber Leuchtturm Hellblau. Tut mir leid, dass ich mich gestern nicht mehr mit dir unterhalten konnte. Ich war einfach zu k. o. nach dem Seminar; habe mir nur noch ein wenig die Beine vertreten und mich vom Fernseher berieseln lassen. Sonst war ich für nichts mehr zu gebrauchen. Aber eins nach dem anderen. Andernfalls bringe ich alles durcheinander. Ich kann Durcheinander nicht ausstehen. Bei mir muss alles der Reihe nach laufen, eins nach dem anderen. Erst kommt eins, dann zwei, und zwei kommt erst, wenn eins fertig ist. Typisch deutsch eben. Aber nur so fühl ich mich wohl. Mit Menschen, die etwas anfangen und dann einfach alles stehen und liegen lassen, um sich einem neuen Interesse hinzugeben, kann ich nichts anfangen.

Also, als ich gestern am Hauptbahnhof in Ulm ausstieg, wurde mir bewusst, dass ich mit dem gruseligen Mann vom Telefon keine genaue Stelle vereinbart hatte, wo wir uns treffen würden, weshalb ich erst einmal nervös zum Haupteingang ging. Diesen Kerl wollen wir ja nicht verärgern, oder, Hellblau? Die meisten Menschen waren dem Wetter entsprechend nicht sehr farbenfroh gekleidet, weshalb mir ein Mann um die vierzig mit einem Bart auffiel, der wie einer von der Alm aussah und komplett in Weiß gekleidet war. Er lief sanft lächelnd auf mich zu und ich ging ihm entgegen. Ich dachte: Das ist bestimmt mein Mann.

Er geleitete mich zu einem Kleinbus mit getönten Scheiben, ohne meinen Namen zu erfragen. Ich kann nicht erklären, wieso er wusste, dass ich ein Seminarteilnehmer bin. Im Internet findet man nichts von mir. Dennoch ging er schnurstracks auf mich zu, als er mich sah. Der Bus war schon voll mit Personen in Weiß. Na toll, dachte ich, jetzt bin ich mit meiner hellblauen Jeans und der blauen Thermojacke der einzige Farbklecks in der Hütte, was die anderen Teilnehmer skeptisch dreinschauen ließ. Der Mann am Telefon hatte gesagt: »Weiße Kleidung, helle ungern und dunkle wird nicht geduldet.« Nur bin ich mit Weiß – und dazu noch warm – nicht so gut eingedeckt. Mal schauen, dachte ich mir, vielleicht ziehe ich mich nachher noch um. Hab ja meine weiße Leinenhose und zwei Oberteile dabei. Nur Lust zu frieren hatte ich auch nicht gerade.

Als der Mann von der Alm die Schiebetür zuzog, stellte ich verwundert fest, dass die Scheiben nicht nur von außen, sondern auch von innen nicht zu durchschauen waren. Wir sahen fast nichts. Nur durch die matte Dachluke viel dumpf Licht herein. Keiner sprach mit dem anderen, während der ganzen Fahrt nicht. Der Mann von der Alm hatte einen Fahrstil, bei dem ich mich gerne angeschnallt hätte, doch ich fand den Gurt nicht. Die Geheimnistuerei kam mir die ganze Zeit über suspekt vor. Warum durften wir nicht den Weg zu unserem Seminarort, ja nicht einmal den Ort kennen? Bis jetzt weiß ich nicht, wo wir uns hier befinden, Hellblau. Ich war gespannt, was als Nächstes kam. Würden sie uns mit verbundenen Augen in einen Sektenbunker führen?

Nein, mein lieber Herr Leuchtturm, nicht ganz. Nach einer vielleicht zwanzigminütigen Fahrt, die gegen Ende holpernd irgendwelche Serpentinen hoch führte, wurde die Türe von einer streng dreinblickenden Nonne geöffnet und wir standen im Hof eines Klosters. Der Fahrer war verschwunden. Das Tor, durch das wir hereingefahren sein mussten, war wieder verschlossen. Es ist ein Tor mit zwei gusseisernen Türen in einer Mauer unter einem Segmentbogen. Rechts daneben ist noch eine kleine Türe aus demselben Material wie die großen. Über dem Tor steht etwas mit »Liebfrauenb…«. Ich konnte es nicht genau entziffern.

Auf der gegenüberliegenden Seite des Anwesens steht wie ein Spiegelbild dieselbe Wand mit Tür und Tor, durch die man in einen Wald gelangt, wenn ich das recht erkannt habe. In der Mitte des Hofes ist eine Grünfläche angelegt, auf der eine riesige Linde steht und unter ihr eine Holzbank. Der Rest des Hofes ist gepflastert. Alle Gebäude der Anlage sind miteinander verbunden, nur das Haupthaus steht separat. Es ist alt und sieht mit dem ockerfarbenen Anstrich sehr schön aus, nur an den Ecken und rund um die Fenster und Türen tritt roter Naturstein hervor. Die anderen drei Gebäude sind schlicht gehalten. Eines, das sich gegenüber dem Haupthaus befindet, müsste ein Kuhstall sein. Es hat ein paar speckige Fenster und ein hölzernes Schiebetor, das bestückt ist mit vielen der kleinen Plaketten, die Auskunft über den Viehbestand und deren Milchleistung geben. Die anderen beiden, links und rechts, die das Haupthaus mit dem Kuhstall verbinden, sind höchstwahrscheinlich für die Angestellten und die behinderten Kinder, falls es hier so etwas wie eine Behinderteneinrichtung gibt. So was haben die doch in den Klöstern. Sie sehen sehr heruntergekommen aus, bieten aber Platz für bestimmt hundertfünfzig Zimmer oder mehr. Das sind schon riesige Bauwerke. Das, welches vermutlich östlich steht, ist vierstöckig, das nach Westen gerichtete dreistöckig. Beide haben ein lang gezogenes, mit Biberschwanzziegeln gedecktes Dach, aus dem in regelmäßigen Abständen winzige Gauben herausstehen, was sie etwas ansehnlicher erscheinen lässt, doch im Nachhinein muss ich sagen, lieber Hellblau, dass die Anlage düster und unheimlich auf mich wirkte, und ich war froh, als die strenge Nonne mit dem weißen Habit und schwarzen Schleier uns in das angenehm wirkende Hauptgebäude führte.

Ich glaube, die anderen Teilnehmer waren erleichtert, dass sie mit ihrer weißen Kleidung nicht lange im Regen stehen mussten, insbesondere die weiblichen, denn ich konnte schon stellenweise ihre Haut sehen.

Wir gingen durch einen neuen Haupteingang mit einer bestimmt vier Meter breiten Glasfront; in der Mitte zwei Schwenktüren. Dahinter führen drei lange Treppen auf einen Korridor zu, der unendlich lang ist und in eine große braune Holztür mündet. Ich machte das Schlusslicht. Mittlerweile war eine zweite Nonne hinter mir. Keine Ahnung, wo die auf einmal herkam. Sie schaute mich nie an, sah immerzu auf die weiß-schwarz karierten Fliesen, die auf dem gesamten Korridor verlegt sind. Ein dunkler unheimlicher Korridor, nur von den Enden dringt Licht herein. Links sind verschlossene Türen, eine nach der anderen. Rechts duftete es aus zwei Aluminiumschwenktüren mit matten Scheiben nach Kartoffeln. Neben der linken hängt eine dicke Kordel, vermutlich die Essensglocke. In Klöstern läuten doch immer Glocken zum Essen und zum Beten, Hellblau. Für die, die keine Uhr besitzen.

Am Ende des Korridors steht als einziger Schmuck eine Standuhr aus dunklem Echtholz und mit einer Mondanzeige. Ihr Pendel schwingt wie ein lascher Elefantenrüssel träge hin und her. Sie ist der einzige Gegenstand im Korridor. Keine Blumen, keine Bilder, keine Skulpturen oder dergleichen. Doch hier ist der Flur hell und nicht mehr so unheimlich. Eine zwei Meter breite Treppe führt im Halbkreis in den oberen Stock, in dem ich, etwas weiter hinten, eine abgenutzte Flügelpendeltüre aus Holz mit matten Scheiben sehen konnte, durch die Licht drang. Überhaupt haben sie es hier mit Flügeltüren.

Die erste Nonne öffnete die mächtigen zwei Flügel am Ende des Korridors nach innen in den Raum und deutete uns, indem sie sich rechts in den Türrahmen stellte und auf den Boden sah, an einzutreten. Ich war gespannt, was sich dahinter befand. Hellblau – du hast doch nichts dagegen, dass ich dich beim Vornamen nenne oder? Bei so einer intimen Reise zu siezen finde ich irgendwie unpassend. Du nicht auch?

Also, Hellblau, das hättest du sehen sollen. Ein riesiger Saal, ich schätze mal so fünfzig mal zwanzig Meter, qualitativ hochwertig und minimalistisch wirkend, breitete sich vor mir aus. Mir standen Mund und Herz offen. Das kannst du mit Worten nicht beschreiben, du musst da dringestanden haben. Ich glaube, den anderen Teilnehmern ging es ebenso. Es ist nichts großartig Pompöses an ihm, eher strahlt der Saal mit seiner Größe und Qualität. Der ganze Boden ist mit abgenutztem Echtholzparkett ausgelegt; Fischgrät mit Würfel. Es fühlte sich wirklich gut an, auf ihm zu stehen.

An der kompletten Front, soweit ich sehen konnte, reihte sich eine mit maroden Holzsprossen versehene Flügeltüre an die andere. Es sind bestimmt zwanzig Stück, durch die man dicke Säulen und Wald sehen kann. Davon erzähle ich dir später noch mehr.

Links im Saal steht ein großer Tisch, um den sich Stühle mit hohen Lehnen reihen. Rechts ein etwas kleinerer, weil sich der Eingang nicht mittig im Saal befindet.

Hier würde ich gerne mal alleine sitzen und frühstücken. Auf dem Tisch eine große Schale mit reifem Obst, die Flügeltüren offen, Vogelgezwitscher, Blätter rascheln, eine leichte warme Brise weht mir übers Gesicht und ein Teller mit einem kleinen Obstmesserchen steht vor mir. Aber wer weiß, ob ich je wieder anfangen werde zu essen, Hellblau.

Weiße Säulen stützen die Gewölbedecke, von der aus manchen Gewölben ein Kronleuchter mit Kerzen herabhängt. Ich schätze mal, dass der Saal eine Deckenhöhe von sechs Metern hat. Wände und Decken sind schlicht weiß und glatt verputzt.

Entschuldige, lieber Hellblau, sollte ich dich langweilen. Ich versuche dir nur, ein Bild von diesem wunderschönen

Saal zu geben, damit du ein Gefühl dafür bekommst, was ich empfunden habe. Aber dazu müsste ich noch viel minutiöser beschreiben und dann würdest du einschlafen. Oder bist du es schon?

Also weiter. In der Mitte des Saals standen ein paar Stühle im Halbkreis zusammengerückt, einem Hocker zugewandt. Daneben klemmte ein Mikrofon an einem Ständer, darunter ein Verstärker.

Als die Standuhr im Korridor mit drei weichen Schlägen die Stille verdrängte, schlossen die zwei Nonnen die Flügeltüren des Saales. Wir sahen uns erstaunt an, aber keiner von uns sagte etwas. Nach einer Weile setzte sich jeder mit seinem Gepäck auf einen Stuhl, still, in sich gekehrt. Wir durften ja keine Handys mitbringen und offensichtlich hielt sich jeder daran, was ungewöhnlich aussah. Denn normalerweise ist es ja so: Sobald jemand warten muss oder Langeweile hat, zückt er doch das Smartphone, Hellblau. Aber jetzt musste jeder schauen, wie er die Zeit totschlägt. Ich schlug die Beine übereinander, schloss die Augen und genoss ein wenig die Stille. Keine Autos, keine Flugzeuge, kein Geplapper, das hatte was. Dann vernahm ich Schritte im Korridor. Sie klangen noch weit weg, aber die Tür brach auf und wir drehten uns um. Die streng dreinblickende Nonne öffnete wieder beide Flügel und stellte sich wieder unmissverständlich an dieselbe Stelle. Es kamen noch einmal elf, in Weiß gekleidete Teilnehmer herein. Sie sahen zu uns, wurden dann aber genau wie wir zuvor, in den Bann des Saales gezogen. Kurz darauf kam der Mann, der aussah wie einer von der Alm, herein, begleitet von einer Frau mit einer umwerfenden Ausstrahlung. Sie ist bestimmt fünfzehn Jahre jünger als er, Mitte zwanzig oder so, und trug ein weißes bodenlanges Kleid. Ihr blondes Haar fällt ihr mindestens über den Po und sie hat große Augen. Er bat uns, unser Gepäck an der Wand neben der Türe abzulegen, was wir uns zuvor nicht getraut hatten. Die Neuen legten es ab und auch wir standen auf und legten unseres dazu. Unser Fahrer und die Frau mit der bezaubernden Ausstrahlung gingen zum Hocker nach vorne. Sie blickte auf den Boden und lächelte dabei etwas aufgesetzt, schien mir. Sie ist circa einen Meter siebzig groß und schlank, aber nicht dürr. Ihre Brüste sind klein, aber bestimmt schön, Hellblau, das würdest du bestimmt genauso sehen.

Wir setzten uns wieder. Ich nahm denselben Platz ein wie vorhin: links außen. Die hübsche Frau saß mittlerweile auf dem Hocker und der Mann von der Alm neben ihr auf dem Boden, seine Beine hatte er untergeschlagen und saß auf den Waden. Er grinste wie ein Honigkuchenpferd, was man fast nur an den Augen erkennen konnte, denn ein Großteil seines Gesichtes ist mit dem Bart verdeckt. Wirklich ein herzliches Lächeln, Hellblau, wo du denkst, der kann niemandem etwas Böses, der meint es gut mit dir. Es hatte aber auch etwas Naives.

Sie richtete das Mikrofon zu sich und klopfte vorne drauf.

»Hallo, hallo, hört ihr mich so gut?« Ich nickte, ein paar bejahten. Ihre Stimme passt irgendwie nicht zu ihrem Alter, sie klingt reifer. Sie sah zu ihm runter und er nickte.

»Hallo zusammen«, sagte er ohne Mikrofon. »Schön, dass ihr alle da seid. Die Stühle sind alle besetzt«, er schaute in die Runde, »dann können wir ja beginnen.« Er lachte kaum hörbar in seinen Bart, etwa so, Hellblau: hmhm. So lachte er die ganze Zeit über, wenn er etwas gesagt hatte. Vielleicht ist er schüchtern?

»Also, ich bin der Franz und das ist Sophia, hmhm«, sagte er und deutete dabei mit beiden Händen zu der Hübschen. Als er Franz sagte, konnte ich mir das Lachen fast nicht mehr verkneifen. Das passte wie die Faust aufs Auge. Die Hübsche blickte mich an, aber ich glaube nicht, dass sie etwas bemerkte.

»Wir wohnen mit unseren drei Kindern hier bei den Schwestern des Domitillastifts und haben hier die Landwirtschaft übernommen«, sagte er. Was? Ich traute meinen Ohren nicht. Die sind wirklich zusammen, Hellblau. Und drei Kinder. Er wirkte eher wie ein redseliger Schoßhund.

»Es ist nicht mehr viel, fast nur noch der Weinberg, ja, und noch ein bisschen Obst und Gemüse, hmhm. Wir waren hier schon, bevor wir aufgehört haben zu essen, deshalb machen wir die Arbeit noch. Den Schwestern zuliebe, bis sie einen Ersatz für uns gefunden haben, hmhm. Ja, ich bin für das Drumherum zuständig, Sophia wird euch gleich über den Seminarverlauf informieren. Später, in der Pause, bekommt ihr euer Zimmer zugewiesen. Ich bitte euch, euer Gepäck dann dort zu verstauen und nur noch etwas zum Schreiben mitzubringen. Ihr wisst ja: keine Steine, keine Symbole, keine Engel, keine Handys, auch nicht ausgeschaltete, denn die sind auch dann noch steuerbar. Und nichts essen, das würde sonst die Energie der gesamten Gruppe herunterziehen, nur viel trinken. Ich zeige euch nachher noch unseren Brunnen, aus dem ihr gutes, energetisiertes Wasser in eure Flaschen abfüllen könnt, hmhm.«

In seinem Dialekt schwingt noch etwas aus den alten Bundesländern, ganz schwach und nur, wenn er sich in Fahrt geredet hat. Dann vergisst er auch sein schüchternes In-den-Kehlkopf-Lachen.

»In der Pause bitte ich euch, auch den Energieausgleich zu leisten, hmhm.« Damit meinte er mit Sicherheit die vierhundertfünfzig Flocken, Hellblau.

»An den drei Tagen beginnt das Seminar jeweils um zehn Uhr und endet um sieben. Ich bin am Anfang und zum Schluss ein bisschen dabei, aber hauptsächlich habt ihr es mit Sophia zu tun, hmhm. Okay, ich glaube, das war's fürs Erste, ich bin dann mal weg, hmhm, in den Weinreben, hmhm.« Er schaute zu ihr hoch und sie nickte. Als ob er sich die Erlaubnis erbäte aufzustehen, Hellblau, hmhm.

»Also bis gleich. Wir sagen immer bis gleich, weil es Zeit und Raum nicht gibt, hmhm. Also nicht später oder morgen oder so. Also bis gleich, hmhm«, sagte er stolz lächelnd, faltete die Hände vor der Brust, verneigte sich ein paar Mal vor uns und ging vermutlich in seine Reben. Eine Domitilla-Nonne öffnete einen Flügel.

Nun waren alle Blicke auf die hübsche Frau gerichtet, lieber Hellblau, und sie? Sie schaute gedankenversunken auf den Boden. Dann, nach ein, zwei Minuten streifte sie mit der rechten Hand ihr Haar von links nach rechts, um das Mikrofon nicht zu stören.

»Ich freue mich, dass ihr hier seid«, sagte sie graziös und mit einer von Herzen kommenden Ausstrahlung, während sie in die Runde blickte – oder besser gesagt in den Halbkreis. Hmhm.

»Und ihr braucht keine Angst zu haben, es hat noch ein jeder überlebt. Die Selbstnahrung – wie ich sie nenne –, die Nahrung aus eurem wahren Selbst, ist nichts, wovor man Angst haben müsste.« Sie lächelte echt, was mich beruhigte. »In diesen drei Tagen bereite ich euch so vor, dass ihr anschließend ohne fremde Hilfe zurechtkommt. Nach diesen drei Tagen braucht ihr keine Hilfe mehr von außen. Ihr seid selbst ermächtigt, frei von alten Verträgen aus früheren Leben.«

Ach du meine Güte, lieber Hellblau … Aber sie sprach so ruhig und liebevoll, dass ich bemerkte, wie sich mein Körper auf dem Stuhl entspannte und ich es ihr nicht krummnahm.

»Es wird so verlaufen«, sagte sie weiter, »dass wir uns heute einander vorstellen und ihr kurz mitteilt, warum ihr hier seid, damit ich schon einmal einen kleinen Einblick bekomme. Anschließend erkläre ich euch die wesentlichen Dinge und versuche, auftauchenden Fragen zu beantworten. Selbstverständlich dürft ihr euch deren jederzeit erleichtern.«

Ich versuche, mich genau so auszudrücken wie die hübsche Frau, lieber Hellblau, aber sie verwendete manchmal einen Satzbau und Wörter, deren ich nicht mächtig bin. Sie sind keineswegs aufgesetzt oder angeberisch im Satz betont, nein, nein, sie sind ihr hundertprozentig einverleibt. Sie kommen sozusagen aus ihrem Innersten. Es klang alles sehr graziös, weich und harmonisch, wie ich es niemals wiedergeben könnte. Aber ich gebe wie immer mein Bestes.

Okay, sie meinte weiter, dass wir morgen, am zweiten Tag, also heute gleich nachher, etwas näher in die Details eingeführt würden und sie uns alles Nötige für die Selbstermächtigung übermitteln werde. »Am dritten und letzten Tag«, sagte sie, »werden wir miteinander durchgehen, was die absoluten No-Gos sind, die ihr um jeden Preis meiden müsst, wenn ihr nicht wieder auf eine niedere Schwingungsebene geraten wollt, und was ihr zu euch nehmen dürft, wenn ihr aus dem Nullpunktfeld, das, was ihr in Wahrheit seid, gefallen seid und euch gelüstet.« Sie lächelte aufgesetzt und schaute auf das Parkett vor sich, bestimmt zwei, drei Minuten. Dann schaute sie durch die Reihen, aber ich hatte eher den Eindruck, dass sie um unsere Körper herumschaute, als würde sie in unserer Aura lesen. Weißt ja, was das ist, Hellblau, oder? Die Aura. Der Mensch hat – oder jedes Lebewesen, ja, ich glaube, sogar Dinge wie ein Tisch haben es – ein Energiefeld um den physischen Körper herum, das ihn auch durchdringt. Dieses Energiefeld nennt man auch Aura, die manche Menschen, insbesondere kleine Kinder, sehen und fühlen können. Dieses Energiefeld hat mehrere Schichten, man kann darin beispielsweise sehen – wenn man denn kann –, ob du wütend bist, obwohl du gerade zum Himmel lachst. Auch deine Gedanken, ja, ich meine, gehört zu haben, dass an den äußeren Schichten sogar dein ganzer Lebensweg, dein ganzes Schicksal abzulesen sei. Von der Geburt bis zum Tod. Tot, tot, tot. Aber angeblich haben die wenigsten Einblick in die Aura eines Menschen und können sowieso nichts daran ändern. Im Gegensatz zu den weiter innen liegenden Schichten, die etwas näher dem physischen Körper liegen; hier können diese Auraseher sogar heilen, wo Mediziner stümperhaft reparieren. Aber natürlich auch nur, wenn es in der äußersten Schicht so geschrieben steht.

Mit einem Mal hob die Hübsche ihren Blick und sagte zu der Frau zwei Reihen vor mir: »Alla, fangen wir bei dir an?«

Alla, dachte ich, Hellblau, das ist doch pfälzisch, oder nicht? Na ja, ich will dich nicht mit solchem Kleinkram belasten. Mir gefällt nur dieser pfälzische Dialekt. Ich war dort oft bei einer sehr lieben Frau, die sich gut um mich gekümmert hat. Sie hatte große mütterliche Brüste, aber sie war leider schon an einen vergeben, einen, der noch viele neben sich hatte und auch immer noch hat. Sie war viel älter als ich, aber ich fühlte mich dennoch nicht nur wegen ihrer Fürsorge zu ihr hingezogen. Und wer weiß, was gewesen wäre, wäre nicht der andere Mann in ihr Leben getreten, vor dem sich alle niederknien. Egal jetzt, das ist eine andere Geschichte.

Jeder erzählte halt, wie er hieß und warum er hier war. Oder zumindest glaubte, warum er hier war, denn woher willst du denn wissen, warum du hier bist? Oder warum überhaupt morgens eine ganze Welt erscheint? Da ist vielleicht ein Gedanke wie »Ich gehe jetzt da hin, weil ich gehört habe, dass hier alle Krankheiten geheilt werden«, oder so. Nun, das ist aber nur ein Gedanke, lieber Herr Leuchtturm, und wegen dem bist du nicht dort, sondern weil es einfach so ist. Gedanken sind einfach nur eine Nebenspur, die das, was abläuft, kommentieren, und das nicht gerade den Tatsachen entsprechend.

Als ich vor ein paar Jahren das erste Mal auf vegan umgestellt habe beispielsweise, da sagte ich jedem – und ich fühlte auch so –, dass ich nie im Leben mehr ein tierisches Produkt zu mir nehmen könnte. Das ginge einfach nicht mehr. Wie könnte ich das Leid der Tiere unterstützen und fördern? Ein halbes Jahr später, als ich wieder einmal gefastet habe, hatte ich während des siebten Fastentages solche Gelüste nach Fleisch, dass ich das Fasten mit einem Fleischkäse-Brötchen gebrochen habe. Also, den Gedanken kannst du einfach nicht vertrauen, Hellblau, nur Geschichten.

Schließlich erzählte dann jeder seine Geschichte und ich auch meine. Mein Problem, warum ich hier hierhin kam.

»Ich heiße André und ernähre mich derzeit rohköstlich. Ich habe über Social Media von diesem Seminar erfahren und da ich irgendwie nie richtigen Hunger verspüre, sondern eigentlich nur aus Langeweile, Gewohnheit, Frust oder zur Belohnung esse, also aus irgendeiner Emotion heraus, kam ich her.«

Eigentlich wollte ich noch hinzufügen, dass ich im Grunde genommen keine Ahnung habe, warum irgendetwas ist, wie es ist, und es mir eher so vorkommt, dass nicht ich irgendwohin gehe, sondern alles zu mir kommt. Ließ es aber.

Draußen hörte ich Glocken läuten. Bestimmt die Essensglocke neben der Küche. Zwölf Uhr oder so. Sie fragte mich freundlich, wie denn die Tage seit der Anmeldung verlaufen seien, worauf ich antwortete: »Gut, ich verspürte eigentlich keinen Hunger, fühlte mich vital und lebendig und ernährte mich fast ausschließlich von Orangen, ab und zu von Bananen und Rohkostschokolade. Ich spürte, wie, genau an dem Tag der Anmeldung zu diesem Seminar, die Schwäche aus meinen Gliedern verschwunden ist und ich mich außerordentlich energiegeladen gefühlt habe, was ich schon ein wenig seltsam fand.«

Bei der Rohkostschokolade konnte ich sehen, wie sie leicht schmunzelte. Sie sagte:»Schön, danke«, und wandte sich dem Nächsten zu.

Zwischendurch fragte sie, ob wir schon eine Pause brauchten, woraufhin ich nickte und viele bejahten. Ich konnte schon nicht mehr sitzen auf meinen Rohköstler-Knochen. Die Hübsche meinte, eine halbe bis drei viertel Stunde dürfte reichen und dass Schwestern uns zu den Zimmern geleiten würden.

Wir standen auf und die zwei Nonnen öffneten die zwei großen schönen Holzflügel. Sie brachten uns zu der breiten Treppe, die vom Korridor hochführte, die Strenge wieder voran. Auch hier oben war alles leer und still. Keine Menschenseele unterwegs. Die Türen waren alle verschlossen und außer uns und dem Hall unserer Schritte war nichts zu hören. Von einem ebenso breiten Korridor wie unten bogen wir rechts und gleich wieder links in einen halb so schmalen Flur ab, in dem sich auf der linken Seite eine Tür an die andere reiht. Auf der rechten Seite blickt man durch eine lange Fensterfront in einen weiteren Hof, in dem ein Brunnen steht – unser Wasserbrunnen, wie ich später erfahren habe – und viele Frühjahrsblumen und Rosen an den Rändern von schmalen Splittwegen wachsen. Jeder bekam, einer nach dem anderen, seinen Zimmerschlüssel, sobald wir vor dem jeweiligen Zimmer standen. Die Strenge sah uns in die Augen und sagte: »Sie dürfen nur diesen einen Weg zurück benutzen.« Das sagte sie zu jedem Einzelnen. Immer mehr Teilnehmer verschwanden in ihren Gemächern, bis schlussendlich ich an der Reihe war. Ich schloss mein Zimmer mit der Nummer acht auf (meine Lieblingszahl, Hellblau) und sah mich darin um. Geradeaus hängen weiße Vorhänge vor einem Fenster, rechts steht mein Bett mit dicker Daunendecke und Kissen, in dem ich gar nicht so schlecht geschlafen habe, und darüber hängt ein schlichtes Holzkreuz. Links an der Wand befindet sich ein Waschbecken mit einem weißen Handtuch und Waschlappen. Weiter vorne, links neben dem Fenster, stehen ein Schreibtisch und ein Holzstuhl ohne Kissen, auf dem ich gerade sitze und dir erzähle. Nachher lege ich dich wieder auf das Nachttischchen, links neben das Bett.

Aus dem Fenster sieht man direkt auf den Hof mit der großen Linde. Es ist mir wirklich schleierhaft, wie hier ein Fenster sein kann und dann noch mit Blick in den Empfangshof. Das passt doch irgendwie nicht zusammen, oder was meinst du, Hellblau? Anstatt des Hofes müsste die Verlängerung des breiten Korridors zusehen sein. Der Hof war viel weiter vorne. Aber, lieber Hellblau, ich habe mich in solchen Sachen schon oft getäuscht, obgleich ich mir hundert Prozent sicher war. Ich gehe mal stark davon aus, dass das hier auch dazugehört.

Ich schmiss den Rucksack aufs Bett und ging mit der Wasserflasche wieder nach unten. Der Mann von der Alm war wieder da, um zu kassieren. Ich stellte mich an und sah die Hübsche draußen vor den Glasflügeltüren mit den Fenstersprossen entlangspazieren, den Blick vor die Füße gerichtet. Sowie alle ihren Energieausgleich geleistet hatten, gingen wir gemeinsam Wasser holen. Alles den breiten Korridor zurück, die drei Stufen hinunter und vor der Eingangstür rechts weg nach draußen in einen Hof. Das war der, den man von der Glasfront oben sehen konnte. Franz von der Alm ... Grins. Fast hätte ich einen Franz von Assisi aus ihm gemacht, Hellblau, und uns zu den Minderen Brüdern und Schwestern.

Er zeigte uns, wie der Brunnen funktionierte, und jeder hob seine Flasche darunter. Es hatte aufgehört zu regnen, aber kalt war es dennoch. Das kalte Brunnenwasser, das über meine fröstelnden Hände rann, tat sein Übriges. Mit meiner weißen Leinenhose würde ich mir ganz schön einen abschlottern. Es verwundert mich, dass bislang niemand etwas wegen meiner farbigen Kleidung sagte.

Später schlossen die zwei Domitillas wieder den Saal und die Vorstellungsrunde ging weiter. Es war nichts dabei, was mich interessierte. Irgendwann hörte ich gar nicht mehr zu. Die eine war schon mal da, eine andere hatte schon zu früh mit dem Essen aufgehört, sodass sie jetzt vermutlich von dem Rest der Gruppe energetisch heruntergezogen werde, meinte die Hübsche. Einer hatte gestern noch eine Thüringer Bratwurst verdrückt, obwohl dies ausdrücklich untersagt gewesen war und er nun ziemlich sicher die Gruppe herunterziehen werde, und so weiter. An keinen einzigen Namen kann ich mich noch erinnern. Konnte ich mir aber noch nie merken. Auch wenn ich bei einer Begrüßung explizit darauf achte und den Namen innerlich zehn Mal wiederhole, kann ich ihn mir nicht merken. Nicht einmal bei einer todsicheren Eselsbrücke, denn ich vergesse dann garantiert die Eselsbrücke. Und was nützt dir schon eine sichere Brücke, wenn du nicht weißt, wo sie ist. Bei dir hingegen fiel es mir leicht. Du heißt ja so, wie du aussiehst: ein Leuchtturm in Hellblau. Easy.

Im Anschluss erklärte die Hübsche uns, dass wir in diesem Seminar versuchen werden, die Selbstermächtigung wieder zurückzuholen, die wir bewusst oder unbewusst an andere Seelen oder Wesenheiten vergaben.

»Wir wollen uns unsere Seelenanteile wieder zurückbeordern, indem wir Intentionen aussprechen. Aber das geschieht erst am dritten Tag, und wir erobern unsere okkupierten Seelenanteile zurück, indem wir in unser Nullpunktfeld gehen und anschließend in unserem Seelenraum, in dem, was wir wirklich sind, verweilen, in der Selbstnahrung, und das üben wir jetzt.«

Oh je, Hellblau, in welchem Esokindergarten bin ich da nur gelandet?, dachte ich. Ich erzähle erst einmal weiter.

»Dazu schließt ihr bitte die Augen und beobachtet einfach ein wenig die Gedanken … und dann fragt ihr euch, ›wann kommt der nächste Gedanke?‹.«

Sofort strahlte mein Herz, Hellblau. Eine geniale Frage. Ebenso wie: »Was ist zwischen zwei Gedanken?« oder »Wer denkt das?«. Wobei letztere Frage klärender sein wird in Bezug auf den Eindruck, wir seien tatsächlich Menschen mit freiem Willen. Aber egal, für diese Überprüfung vergesse ich ihr auch das Geschwätz mit der Seele, lieber Hellblau.

Nach ein paar Minuten durften wir wieder die Augen öffnen und sollten schauen, ob es sich immer noch so anfühlte. Ach schade, dachte ich mir. Irgendwie hatte ich eine

Ahnung, worauf es hinauslief. Es wird nicht bei der Überprüfung bleiben, sie will Gedankenkontrolle.

Sie sagte: »Das ist der fünfdimensionale Zustand, auch Nullpunktfeld genannt, der Zustand absoluter Leere. Wenn ihr in diesem Zustand verweilt, können weder negative Wesen noch eure Mitmenschen Energie von euch absaugen, denn dann seid ihr für die Astralwelt, die Welt, in der diese Wesen leben, unsichtbar, und für eure Mitmenschen seid ihr wie in einen Kokon gehüllt, sie finden keinen Zugang, um euch Energie abzuziehen. Wenn ihr in diesem Zustand verweilt, seid ihr raus aus der Matrix.« Sie formte mit ihren Armen einen Kreis in der Luft, so weit sie konnte. »Der Matrix dieser scheinbaren Welt hier.«

Und dabei fing es doch so gut an. Weiter sagte sie: »Ihr könnt diesen Zustand noch verstärken, indem ihr ihn in eurem Herzen spürt, und zwar nicht dem organischen, sondern hier«, sie klopfte mit der Hand zwischen ihre Brüste, »wo das Herzchakra sitzt. Schließt hierfür bitte erneut die Augen und ruft einen Moment in eurem Leben auf, in dem ihr in Gänze zufrieden und glückselig wart. Auch wenn das manch einem von euch schwierig erscheint, bin ich sicher, dass jeder der hier Anwesenden diesen Zustand des absoluten Glücklichseins kennt.« Sie redete ruhig und sanft. »Vielleicht in Verbindung mit einem Gericht aus eurer Kindheit, das ihr gerne zu euch genommen habt. Womöglich auch im Zusammenhang mit einem Urlaub. Jeder sollte dieses Gefühl kennen, und dann spürt ihr es in eurem Herzen und lasst den Zustand des Nullpunktfeldes mit hineinfließen. Dies sollte jedem ein Lächeln ins Gesicht zaubern. Wenn nicht, verweilt ihr noch im Kopf.«

Glückselig sein wollen, ohne Gedanken. Na dann viel Spaß. Ich spürte kein Lächeln und wollte jetzt auch nicht extra eines aufsetzen. Wozu sollte ich ein Glückseligkeitsgefühl hervorrufen? Wenn ich mir, wie sie es nannte, des Nullpunktfeldes gewahr bin (auch wenn da niemand ist, Hellblau, der sich dessen gewahr sein kann, doch wie soll ich mich anders artikulieren?), ist dieses Glückseligkeitsgefühl doch völlig belanglos. Dieses Nullpunktfeld ist doch die Glückseligkeit schlechthin. Glück oder Unglück sind völlig egal. Darin verschwindet alles. Auch der, der glücklich sein möchte. Natürlich sehe ich ihren Ansatz, die Leere mit der Liebe zu verbinden, das Nullpunktfeld mit der Liebe. Doch wie soll das auf dieser Ebene funktionieren? Leere und Liebe sind Synonyme und haben in diesem Kontext nichts Emotionales. Diese Liebe ist das, was wir sind, ein Wort für etwas Unbeschreibliches und schon gar nicht Fühlbares. Hübsche, von diesem Brot bekommst du Bauchweh. Das ist noch nicht ganz durch. Nein, von mir bekommst du kein Lächeln. Nein, keine Lust. Das ist mir schon wieder zuuu anstrengend. Zu viel Mischmasch. Wäre sie doch bei diesem Nullpunktfeld geblieben. Aber nein, zu wenig los. So wird das nichts bei mir mit der Selbstnahrung und mein Problem verschwindet dadurch ebenso wenig. Da hätte es München auch getan, Hellblau. Was mache ich hier nur?

»Na, wie war's?«, fragte sie euphorisch. »Das ist euer Seelenraum, das, was ihr in Wahrheit seid. Hier seid ihr genährt und benötigt keine physische Nahrung mehr.« Viele grinsten, sagten »gut« oder grinsten doof. Mal schauen, wie lange.

Der Franz von der Alm kam wieder zu uns. Er setzte sich wie gehabt neben die Hübsche auf seine Waden. Ich assoziierte ihn mit einem Unterwürfigen, einem aus der Sadomasoszene.

»Versucht immer, in diesem Seelenraum, dem Zustand des ›ewigen und unendlichen Bewusstseins‹, bei euch selbst, zu bleiben. Hier seid ihr sicher und raus aus der Matrix. Nach dem Seminar seid ihr in Besitz des freien Willens, der Selbstermächtigung, und könnt selbst entscheiden: Bleib ich in der Matrix, in dieser scheinbaren realen Welt«, sie zeichnete mit ihren Armen wieder einen Kreis in die Luft, »oder in eurem Seelenraum, eurem wahren Selbst, dem ewigen, unendlichen Bewusstsein. Es gibt so viele verschiedene Worte dafür, doch gemeint ist immer das Eine: Das, was ihr in Wahrheit seid.«

Oh, lieber Hellblau, jetzt ging mir aber das Messer im Sack auf. Was für ein Mischmaschwischiwaschi. Die glaubt doch tatsächlich, jemand zu sein, der eine Wahl hat zwischen A und B. Das Nullpunktfeld scheint sie noch nicht gepackt zu haben. Die panscht den guten staubigen Wein mit Wasser aus der Pfütze. Ich konnte mich nicht zurückhalten, ich musste wissen, ob sie das wirklich so meinte oder es eher als Leermaterial für Erstklässler sah. Denn so würde die Selbstnahrung nicht funktionieren. Sobald kurz nicht gesprochen wurde, brachte ich mich ein, ohne mich zu melden.

»Wir sind doch immer dieses Bewusstsein, egal ob wir uns dessen permanent bewusst sind oder nicht, oder?«, sagte ich, wahrscheinlich etwas erregt. Immerhin geht es um einen Energieausgleich von vierhundertfünfzig Watt, Hellblau.

»Nein, wenn du dich nicht erinnerst, bist du in der Matrix«, sagte der Franz von der Alm. Ich fiel ihm ins Wort.

»Mag sein, aber dennoch sind wir dieses eine Bewusstsein, oder?«

»Nur wenn du dich erinnerst, sonst bist du in der Matrix gefangen.« Ich hatte das Gefühl, überhaupt nicht bei ihm angekommen zu sein. »Du hast ja schon die Wahl …« Ich fiel ihm wieder ins Wort, weil ich von seiner ausschweifenden Art zu reden mittlerweile wusste.

»Ihr sagt ja, dass das Universum nicht real ist. Wer hat dann diesen freien Willen?«, sagte ich, zugegeben, Hellblau, ein bisschen lapidar und patzig, aber sie blieben dennoch freundlich.

»Das ewige und unendliche Bewusstsein«, sagte diesmal die Hübsche. Also, da fehlen mir echt die Worte, Hellblau. Und der neben mir wollte mich auch noch belehren, dieses Greenhorn. Ich beachtete ihn und seine albernen Darlegungen gar nicht. Ich gab auf. Unter diesen Voraussetzungen brauchte ich gar nichts mehr sagen. Die Energie konnte ich mir sparen. Hey, Hellblau, die sind doch tatsächlich der Meinung, dass Bewusstsein einen freien Willen hat zu entscheiden. Die haben lediglich »Gott« durch »ewiges und unendliches Bewusstsein« ausgetauscht. Die machen etwas Unpersönliches zu etwas Persönlichem. Hätte Bewusstsein einen freien Willen, wäre es jemand, also schon in der Matrix, und zudem wäre es verantwortlich für das alles hier. Dabei ist Bewusstsein doch völlig jungfräulich und unbefleckt und ohne diesen blöden freien Willen, weshalb es auch in der Matrix, also in diesem Traum, also hier, keinen geben kann. Oder meinetwegen: nur scheinbar. Zum Glück. Das ist doch die Freiheit. Matrix und Bewusstsein sind nicht verschieden. Es gibt nur dieses eine Bewusstsein und um zum Ausdruck zu kommen, bedarf es der Matrix, einer scheinbaren Realität, so etwas, wie wir Leben nennen. Doch Bewusstsein bleibt immer Bewusstsein. Wasser bleibt immer Wasser, ob als Eis, Nebel oder See. Doch Bewusstsein braucht die Polarität, um zum Ausdruck zu kommen. Nur Gutsein ist einfach nicht möglich. Das Gute macht doch ohne das Böse überhaupt keinen Sinn. Sie sind eins und brauchen einander, so wie Pflanzen das Licht, braucht das Gute das Böse, und wenn das Gute ohne das Böse nicht sein kann, wer will in diesem Zusammenhang dann noch behaupten, dass nur das Gute gut ist und nicht auch das Böse. Was aber nicht bedeutet, dass wir »Böses« anstreben sollen oder können. Das wäre sowieso unmöglich. Weil wir immer das Gute anstreben, auch wenn mein Gutes nicht gleich dein Gutes bedeutet. Doch wo ich auch hinschaue, unterschwellig kann ich nur die Liebe sehen. Sie ist wie eine Quelle, die nicht zu bremsen ist. Sie quillt über und über und über. Sie schüttet sich aus voller Liebe, überall, selbst im Krieg, neben all dem Schrecklichen, kannst du sie sehen. Also, ich möchte wirklich nicht gefoltert werden, Hellblau, und die ganzen Qualen erleiden, aber weil die Liebe nicht anders kann als lieben, braucht es diese Gräueltaten. Und sie bleiben Gräueltaten, auch mit der Sichtweise der Liebe, aber es gibt keinen Schuldigen mehr. Der eine liebt sein Vaterland und will es verteidigen, ist dabei zu allem fähig; und der andere liebt seinen Körper und keine Schmerzen. Wo du auch hinschaust: kein Opfer oder Täter, nur die Liebe.

Oder wegen mir auch mit Opfer und Täter, als die Liebe. Und wenn das einmal klar ist, dann brauche ich mir dessen nicht immer bewusst sein. Du läufst doch auch nicht die ganze Zeit durch die Gegend: eins plus eins gibt zwei. Das sind offensichtliche Dinge, die man sich nicht immer wieder vor Augen führen muss. Nur wenn etwas nicht klar gesehen wird, muss es noch einmal überprüft werden. Ansonsten ist das doch vergeudete Liebesmüh. Die Liebe spielt halt alle möglichen Spiele. Jetzt hab ich mich aber ganz schön verplappert, Hellblau. Aber wie soll denn die Selbstnahrung funktionieren, wenn das Fundament, auf dem es steht, schon von Einfaltspinseln erbaut wurde. Es funktioniert bei denen einfach, trotz dieses Mischmaschwischiwaschi, scheint mir.

Jetzt habe ich den Faden verloren, mein Lieber. Wo … Ah, ja, da lief nicht mehr viel. Ich habe nicht mehr viel mitbekommen. Franz von der Alm meinte noch, dass die kleinen Türen neben den Toren bis einundzwanzig Uhr offen seien, anschließend komme hier keiner mehr rein oder raus, hmhm. Ich war froh, als die großen Holzflügeltüren geöffnet wurden und die Domitilla-Nonnen rechts und links Spalier standen, um uns zu entlassen. Mein Körper fühlte sich an wie ein verrostetes Fahrrad. Ich füllte meine Flasche im Hof und ging den langen Korridor wieder zurück auf mein Zimmer, immer einen Fuß auf eine Fliese, schwarz, weiß, schwarz, weiß. Ich zog mir die Jacke über und vertrat mir die Beine; durch das kleine Tor hinaus Richtung Osten, dann sah ich schon den Weinberg. Wunderschön. Er duftet schon, gleich wie der bei uns daheim, und die Reben sind auch schon zurechtgeschnitten und angebunden. Mir kam auf einmal der Gedanke: Warum darf man jetzt auf einmal raus, wo wir doch mit getönten Scheiben hierhergeleitet wurden? Was machte sie auf einmal so sicher? Aber da ich geistig völlig erschöpft war, sann ich dem Gedanken nicht weiter nach und schaute mich nicht groß um. Dieses Kloster steht irgendwo auf einem kleinen Berg. Es führt eine schmale Straße im Weinberg hinunter, an dessen Fuß ich glaubte, ein Krankenhaus zu sehen. Ich fror wie ein Schlosshund im Winter. Aber die Kälte kam von innen. Beim Fasten friert man eben, Hellblau. Auch wenn Fasten hier nicht der richtige Wortlaut ist. Eher müsste ich sagen, dass ich aufhöre zu essen. Na ja, wenigstens eine halbe Stunde hatte ich mir die Beine vertreten. Im Saal auf meinem Folterstuhl hielt ich es kaum noch aus, schlug das rechte Bein über das linke und das linke wieder über das rechte. In endloser Tour.

In Vorfreude darauf, unter einer warmen Bettdecke zu liegen, ging ich wieder auf mein Zimmer. Oben im Korridor, der genau über dem unteren liegt, kurz bevor es rechts zu den Zimmern weggeht, versperrte mir eine weiße Holzwand mit matten Glasscheiben und einer Türe in der Mitte die Sicht auf den weiteren Verlauf. Ich wollte unbedingt wissen, ob sich dahinter mein Zimmerfenster mit dem Blick in den Empfangshof befand, denn ich halte das für unmöglich, Hellblau. Ich schaute mich um. Keiner da, alles still. Ich lief zur Tür und griff langsam nach der Klinke. Die Nonne hatte zwar mit ihrem durchdringenden Blick gesagt, dass wir nur diesen einen Weg benutzen durften, aber die Versuchung war so groß und keiner war da. Ich legte meine Hand auf den Türgriff und … Hellblau, ich traute mich nicht, irgendetwas hielt mich zurück. Ich beschloss, morgen, also heute, einen anderen Teilnehmer danach zu fragen. Ganz dezent. Wie er denn die Aussicht aus dem Zimmerfenster findet, oder so.

Im Zimmer dann drehte ich die Heizung ganz auf, volles Rohr, und öffnete das Fenster, das normalerweise keines sein darf. Tatsächlich, es war der Hof und alles bewegte sich. Es tröpfelte leicht, der Wind raschelte in der Linde, Schwalben flogen unter die Dachvorsprünge und es war kalt. Es war echt. Ich wusste nicht mehr, was ich glauben sollte. Für einen kurzen Augenblick verwischte die Realität und alles um mich herum hatte virtuellen Charakter. What the fuck, dachte ich mir nur, oder sprach ich es aus? Ich weiß es nicht mehr. Ich war überhaupt nicht mehr aufnahmefähig. Mein Kopf wollte nur noch seine Ruhe, weshalb ich auch erst heute früh mit dir darüber rede.

Ich legte mich aufs Bett. Kein Handy, kein Laptop, kein E-Book-Reader, nichts. Auch gut, dachte ich. Ich spürte Sehnsucht nach Zuhause und nach meiner Freundin. In diesem Moment wäre ich gerne in meiner vertrauten Umgebung gewesen. Es fühlte sich so an, als ob mein ganzes Inneres, meine ganze Person, noch dort wäre und hier nur eine leere Hülle liegen würde.

Ich denke mal, so um acht bin ich eingeschlafen. Ja, und um sieben heute Morgen bin ich aufgewacht. Ich roch unter meine Arme. Nichts, obwohl ich nichts aß. Rohköstler halt. Danach habe ich mir die Zähne geputzt, im Waschbecken die Füße gewaschen und begonnen, mich mit dir zu unterhalten. Ja, mein Lieber, ganz schön lang geworden, unsere Unterhaltung. Ich finde es schön, dass du da bist, mein lieber Leuchtturm Hellblau. Tut gut, mit dir zu ... schnacken. Sagt man heute doch so, oder? Ich finde es, ehrlich gesagt, ein komisches Wort.

Du fühlst dich auch richtig gut an, mein Freund. Qualität, sag ich da nur. Jetzt muss ich aber, es ist schon halb zehn. Mal schauen, was mich heute erwartet. Wenn nur nicht das lange Sitzen wäre. Apropos Sitzen:

Ein Chef sitzt hinter seinem Schreibtisch. Ein nicht gerade attraktiver Chef. Er hält einen Kugelschreiber seiner neuen reizenden Sekretärin hin und sagt: »Wenn Sie mir sagen können, was das ist, dann dürfen Sie eine Nacht mit mir verbringen.« – Die Sekretärin antwortet zögernd: »Das ist eine Melone.« – Daraufhin der Chef: »Das lass ich gerade noch so gelten.« Grins.

So, jetzt lege ich dich wieder auf das Nachttischchen, ja, da passt du gut hin, finde ich. Ich melde mich wieder.

ZWEITER SEMINARTAG

Guten Morgen, Hellblau. Ich bin total fertig. Heute ist der letzte Tag und ich bin so was von lasch und antriebslos, dass ich keine Lust habe, mich mit dir zu unterhalten. Am liebsten würde ich den ganzen Tag im Bett liegen bleiben. Als hätte mir jemand über Nacht meinen Akku gestohlen und der Körper läuft jetzt nur noch mit der in den Zellen sitzenden Restenergie. Geistig fühle ich mich wohlauf, nur mein Body lahmt. Und heute ist auch noch der Abreisetag.

Ich muss mich zusammenreißen, und so spürst du vielleicht auch besser, wie es mir geht, als wenn ich es dir erst morgen erzählen würde. Dann würde ich vielleicht schon munter darüber lachen.

Gestern Abend jedoch konnte ich dir nicht von dem zweiten Tag berichten. Ich war dazu einfach nicht in der Lage. Bin wieder eine kleine Runde durch den Weinberg spaziert, um die Starre aus den Gliedern zu bekommen – das ständige Sitzen macht mich fertig –, und legte mich anschließend ins Bett. Wahrscheinlich werde ich dir von dem heutigen Tag auch erst wieder morgen oder so erzählen können. Ich komme ja erst gegen acht Uhr zu Hause an und dann möchte meine Freundin sicher eine Zusammenfassung hören. Mal sehen, was ich ihr sagen werde, denn ich habe ihr natürlich nichts von der Selbstnahrung erzählt. Hätte sie weiter nachgefragt, hätte ich es ihr gesagt, so aber erzählte ich nur oberflächlich, dass es dabei um Ernährung und so gehe, was ihre Neugier auch schon stillte. Also, ich fange einfach mal an, sonst wird das heute nichts mehr.

Als ich gestern, am zweiten Tag, aufwachte, ging alles schon viel besser als am Abend vor dem ersten Seminartag. Das Kopfkino war nicht so stark und mir ging es längst nicht so elend wie heute.

Wenn ich dir von gestern erzähle, wirkt sich die Stimmung vielleicht auf meine lahmen Glieder heute aus, sodass ich irgendwie den dritten Tag noch rumbringe.

Entschuldige bitte, Hellblau, ich melde mich nachher wieder bei dir. Ich brauche etwas frische Luft. In meinem Kopf klebt eine Masse, zäher Brei.

Bin wieder da. Frische Luft und Bewegung helfen mir oft bei Antriebslosigkeit. Einfach raus an die frische Luft. Aber heute klappt das nicht so richtig. Beim Fasten ist ja oft der dritte Tag der schlimmste. Hunger verspüre ich keinen, es ist lediglich das Blei in den Gliedern, welches die Schwerkraft gefühlt verfünffacht.

Aber zu gestern. Frühstück gab es ja keines, also holte ich mir in dem schönen Blumenhof Wasser aus dem Brunnen, trank ein paar Schlucke und sah mir die schönen Blumen an. Ich war eingeschachtelt von Gebäuden, der Himmel bewölkt, aber ich sah etwas Blau. Links neben dem Eingang befindet sich, glaube ich, eine kleine Kapelle. Ich wollte sie mir anschauen, wusste aber nicht, ob die Vorschrift »Nur den einen Weg benutzen« auch für den kleinen Innenhof galt, und ließ es. Ich ging in den Empfangshof, lief eine Runde um die Linde und setzte mich auf die Bank. Mit dem riesigen Baum über mir kam ich mir vor wie Struwwelpeter. In ein paar Wochen, wenn sie blüht, werden einem Bienen, Hummeln und dergleichen vorgaukeln, man säße in einem Motodrom. Ich trank von dem Wasser. Es schmeckt wirklich gut. Eines von den Fenstern dort oben müsste zu meinem Zimmer gehören, dachte ich. Aber welches? Sie sahen alle gleich aus. Alle geschlossen, mit zugezogenen weißen Vorhängen. Da kam mir die Idee, dass wenn mein Zimmerfenster echt ist und man hier in den Hof sehen konnte, dann müsste ich einfach nur die Gardinen zur Seite schieben, um zu sehen, ob ich verrückt geworden bin – durch einen Vitaminmangel vielleicht – oder einfach nur etwas durcheinanderbringe.

Ich ging also in mein Zimmer und schob den Vorhang zur Seite. Wie immer sah ich anstatt die Verlängerung des Korridors den Hof mit der Bank unter der Linde, sie befand sich leicht links von meinem Blickwinkel, also müsste ich von unten auch wieder leicht nach links oben schauen. Dabei fiel mir ein: Ich hätte einfach meine Flasche unten auf der Bank stehen lassen können. Dann hätte ich jetzt Gewissheit. Egal, dachte ich und stiefelte also wieder hinunter, den langen Korridor entlang nach draußen in den Empfangshof und setzte mich auf die Bank. Zuerst betrachtete ich mir eine Weile meine Hände, dann bewegte ich langsam meinen Kopf nach oben, wie jemand, der auf etwas schauen musste, was er nicht wollte. Jemand, der instinktiv wusste, was er gleich mit den Augen sehen muss. So schaute ich, nur um mich zu vergewissern, dass es auch wirklich so ist.

Links oben waren alle Gardinen geschlossen. Ich ging die ganze Fensterreihe durch. Alle geschlossen. Ich stand auf, ging um die Ecke des Haupthauses, obwohl mir bewusst war, dass keines dieser Fenster zu meinem Zimmer gehören konnte, auch wenn hier ein Vorhang zurückgezogen gewesen wäre. Ebenfalls alle geschlossen. Ich setzte mich wieder auf die Bank und starrte zu den zwei Fenstern, von denen eines hätte meines sein müssen. Ich bekam leicht Gänsehaut und es schüttelte mich.

Das gibt es doch nicht, Hellblau, oder? Wenn ich daran denke, schüttelt es mich augenblicklich wieder. Vorstellen kann ich mir prinzipiell ja alles, ohne es als etwas großartig Besonderes zu sehen. Dass ich beispielsweise durch Wände gehen kann oder so. Wäre eigentlich nichts Grandioses. Aber jetzt, wo es tatsächlich den Anschein hat, dass etwas nicht den gewohnten Gesetzmäßigkeiten folgte, reagierte ich schon etwas ... wie soll ich es sagen, Hellblau ... Ich konnte es einfach nicht glauben.

Mein Kopf fing an zu pochen und ich stand auf und folgte dem Weg beim Haupthaus um die Ecke, um mich nicht mehr damit zu beschäftigen. Du, das ist ein riesiges Anwesen hier. Ich kann mir einfach nicht vorstellen, dass hier fast niemand mehr wohnt. Hier mussten mal Hunderte von Nonnen gewohnt haben oder vielleicht auch

Mönche, eventuell auch zusammen, möglicherweise im selben Zimmer, unter Umständen auch im selben Bett. Nein, das sagt man nicht, Hellblau.

Ich fühlte mich aus allen Fenstern beobachtet. Wie ein Cowboy, der durch eine scheinbar verlassene Stadt galoppierte. Aus dem rechten Gebäude hörte ich Maschinen und es roch nach frischer Wäsche. Ich glaubte, dort draußen frei herumlaufen zu dürfen. Die Schwester meinte bestimmt, dass wir im Gebäude nur diesen einen Weg benutzen durften. Jedenfalls fühlte ich mich nicht schlecht dabei. Links, aus dem Haupthaus, duftete es nach Teig im Ofen. Der geteerte Weg führte mich abschüssig an einen kleinen Holzzaun. Ich sah ein kleines rundes Schwimmbecken neben einer Blechhütte. Es war noch abgedeckt. Und wenn man sich über den Zaun lehnt, kann man Obstbäume und einen Gemüsegarten sehen. Ich drehte wieder um, die kleine Steigung machte mir zu schaffen. Schwarz, weiß, schwarz, weiß – und jetzt sitze ich hier und erzähle dir von heute anstatt von gestern. Wie, heute? Das war gestern. Oh Mann, in meinem Kopf ist Nebel mit einer Sichtweite unter einen Millimeter. So kaputt war ich aber auch schon lange nicht mehr. Das Energiereservoir hat ein Leck. Also weiter von gestern.

Ich erzählte dir ja vom ersten Seminartag. Da haben wir uns auch ganz schön verquatscht. Pünktlich um zehn bin ich dann im Saal erschienen. Was soll ich mich auch mit den anderen unterhalten? Ehrlich gesagt war ich froh, dass mich keiner ansprach. Später habe ich dann eine Frau wegen des Fensters gefragt, aber dazu nachher.

Also um zehn traf ich unten ein. Ganz in Weiß. Leinenhose, Sweatshirt, ja sogar Socken und Boxershorts waren in Weiß. Fühlte sich schon etwas merkwürdig an.

Die weiße Horde saß schon da. Ich setzte mich wieder auf meinen Folterstuhl von gestern, der mir netterweise freigehalten wurde, und dann kamen auch schon die Hübsche und ihr Franz von der Alm herein. Gerade noch mal rechtzeitig geschafft. Die Domitilla-Nonnen schlossen die großen Flügel hinter uns und die Hübsche richtete ihr Mikrofon. Franz von der Alm musste, durfte, wieder neben ihr wie ein treuer Hund auf seinen Waden Platz nehmen.

»Wie ich sehe, seid ihr noch alle am Leben«, sagte sie und schmunzelte. Ein paar lachten. »Hört ihr das?«, sagte sie mit einem Mal und schaute nach rechts oben, zum Himmel deutend. »Sie fliegen wieder. Chemtrails. Das sind Flugzeuge, die am Himmel ein Gitter fliegen und dabei Nanochips abwerfen, die über die Hautporen in uns eindringen und uns von innen heraus steuern. Manch einer bekommt Depressionen oder Grippe, mitten im Sommer. Auch unsere Gedanken beeinflussen sie dadurch. Wir machen Dinge, von denen wir im Nachhinein denken: Wie konnte ich nur?«

Viele stimmten zu, ich hörte zum ersten Mal von so was, Hellblau. Das ist doch ein bisschen weit hergeholt, oder? Aber wer weiß, was sie für einen Nanochip abgekriegt hat.

Sie fragte, ob es gestern Abend irgendwelche Besonderheiten gegeben habe, und einige erzählten angeberisch davon. Zum Beispiel ging bei zweien mitten in der Nacht der Fernseher an und bei einer anderen klingelte das Telefon und niemand war in der Leitung. Wiederum eine, die ich gestern Abend noch auf der Treppe traf, erzählte stolz – wie auch mir gestern schon –, dass sie sich mehrmals übergeben habe und der Auswurf dunkelgrün gewesen sei.

»Ah, Galle«, sagte die Hübsche wenig beeindruckt.

Die vor mir meinte, ihrer sei schwarz gewesen mit Würmern.

»Ah, Kaffee«, antwortete die Hübsche. »Bleibt sehr lange im Körper.«

Da musste ich schmunzeln, Hellblau, denn die war auch Rohköstlerin und nach dem, was sie bei der Vorstellungsrunde erzählt hatte, eine sehr genaue. Der Kaffee war bestimmt schon kalt.

Ja, und dem einen zwickte es hier und die andere drückte es da, lauter so'n Zeug halt. Als dann alle ihre Highlights mit der weißen Horde geteilt hatten, nahm die Hübsche einen schwarzen Stift von dem Flipchart und malte in die Mitte ein Dreieck; mit den beiden Enden kam sie links unten wieder schön zusammen. Anschließend zeichnete sie wie beim Yin-und-Yang-Zeichen eine Welle waagerecht in das untere Drittel des Dreiecks, sodass die obere und die untere Fläche ziemlich identisch sein durften. Dann zog sie einen waagerechten Strich hindurch, links, rechts einen Zentimeter über das Dreieck hinaus, worauf sie in der Mitte einen magentafarbenen dicken Punkt setzte und sagte, dies sei das Nullpunktfeld.

Jetzt geht sie, glaube ich, in die Wissenschaft über oder Alchemie oder so.

Die Welle über dem Strich sei plus und die darunter minus. Sie hatte aber gechannelt bekommen, dass es nicht nur eine Welle gäbe, wie manche behaupten würden, sondern drei; warum auch immer, Hellblau. Also dreimal minus und dreimal plus. Sie malte die zwei jeweils in einer anderen Farbe über und unter die schon bestehende, die sich alle in der Mitte, im Nullpunktfeld trafen. Jede der drei Wellen hätte auch eine andere Schwingung, meinte sie. Im Moment sei die positive Seite oben, aber die Erde werde sich bald drehen. Beziehungsweise die polaren Energien. Minus sei dann oben und plus unten. So habe ich sie zumindest verstanden.

Bei der Vorstellung eines umgedrehten Dreiecks entstand in mir Unbehagen. Also, alle Planeten in unserem Sonnensystem hätten die Pole schon getauscht, auch die Sonne. Nur eben wir, die Erde, nicht. Die seien alle schon eine Stufe weiter, meinte sie. Jetzt sei noch die Chance, mit aufzuspringen in die fünfte Dimension. War das nicht zweitausendzwölf in spirituellen Kreisen das Thema schlechthin, Hellblau?

»Das muss jeder für sich selbst bestimmen, ihr habt jetzt die Wahl, steigt ihr mit auf oder bleibt ihr hier. Die den Absprung nicht schaffen, werden weiter auf der Erde bleiben müssen und abermals dreizehntausendfünfhundert Jahre in der dritten Dimension festhängen. Noch einmal Frühgeschichte, Antike, Mittelalter und so weiter durchleben, ertragen. Nicht dieselbe Epoche im Sinne ihrer Erscheinung, aber von der Schwingung her identisch.«

So sagte sie es. Da kriegst du solche Augen, was, Hellblau. Manomanoman. Was für eine Last da den Teilnehmern in den Rucksack gepackt wird. Alte Last raus, neue Last rein. Honigmelone raus, Wassermelone rein. Sie glaubt doch tatsächlich, einen freien Willen zu haben. Sie glaubt jemand zu sein, der schützend im Nullpunktfeld verweilen muss, und fühlt sich dann schlecht, wenn sie es vergessen hat. Das Rein-raus-Spiel. So wird das nie was mit der fünften Dimension, meine Hübsche.

Entschuldige, Hellblau, dass ich mich ein bisschen über sie amüsiere. Natürlich sehe ich die Liebe, die hinter dem ganzen Schmarrn hier steckt. Finde es trotzdem drollig.

Ich meine auch, dass sie sich widersprach mit der Aussage: »Alle Planeten in unserem Sonnensystem haben die Pole schon getauscht, auch die Sonne. Nur eben wir, die Erde, nicht.« Und der Aussage: »Die den Absprung nicht schaffen, werden weiter auf der Erde bleiben müssen und abermals dreizehntausendfünfhundert Jahre in der dritten Dimension festhängen.« Einmal meint sie, dass die Planeten aufsteigen, und ein anderes Mal können einzelne Individuen aufsteigen.

Oh Mann, Leuchtturm Hellblau, heute zwickt der Körper ganz schön rum. Schon klar, dass das kein Sonntagsspaziergang wird. Heute wäre echt so ein Tag, den man im Bett verbringen möchte. Ohne Buch und ohne Essen, vielleicht ein einfacher Film im Fernseher. Nützt nichts. Weiter geht's.

Sie sagte, wenn wir mit der gestrigen Übung im Nullpunktfeld verweilten oder besser noch im ewigen und unendlichen Bewusstsein – dabei zeigte sie auf den dicken Punkt in der Mitte des Kreises, offenbar ist er Symbol für beides –, könne uns die Matrix nix anhaben und wir blieben in der Selbstnahrung.

»Das hier«, sie zeichnete mit den Armen wieder einen Halbkreis in der Luft, »ist die Matrix. Nichts davon ist real. Ihr habt viele Parasiten und Seelenwesen in euren Körpern und in der Aura, die euch in der Matrix gefangen halten und steuern. Aber mit der Selbstnahrung werdet ihr sie alle los, und deshalb müsst ihr so oft als möglich in das Nullpunktfeld, besser noch in den Seelenraum. Das ist der Platz, an dem euch niemand etwas anhaben kann. Ihr seid dort sozusagen unsichtbar, in einem, für solch niedrig schwingende Wesen nicht erreichbaren Kosmos, sozusagen.«

Ja, das sagte sie bereits, dachte ich.

»Ihr müsst euch das so vorstellen:«, sie malte wieder etwas in das Dreieck. »Ihr habt bewusst oder unbewusst Teile eurer Seele hergegeben ...« Sie zog zwei gestrichelte magentafarbene Linien senkrecht durch das Dreieck und zeichnete darüber in derselben Farbe vier Kringelchen. Jetzt sah die Zeichnung aus wie ein Dachgiebel, durchstoßen mit einem dampfenden Kamin. »... an Symbole, Geistheiler, Konzepte wie Reiki, Schamanismus oder an schwache Seelen. Überall, wo ihr um etwas gebeten habt. Dadurch seid ihr nicht mehr ganz. Und nun gilt es, die Seelenanteile«, dabei tippte sie mit dem Stift auf die magentafarbenen Kringelchen, »wieder zurückzugewinnen und wieder ganz zu sein und nicht fremdbestimmt. Dazu werden wir Morgen noch Intentionen aussprechen, um uns von den Verträgen mit den Seelenwesen zu lösen.«

Heijeijei, Hellblau. Jetzt krieg ich langsam 'nen Vogel. Immer mehr tun, immer mehr Matrix, immer mehr Melonen. Wo bin ich da nur hineingeraten? Das ist ja nicht zum Aushalten. Aber irgendwie habe ich keine Lust mehr auf das Essen, so wie bisher. Ich esse ja nicht aus Hunger, sondern aus Gewohnheit, Belohnung, Frust, Langeweile und so. So kommt es mir zumindest vor. Es fühlt sich eher so an, wie die Hübsche es sagte, dass die Parasiten und Mikroben Hunger haben, und das fühlt sich dann an wie eine Sucht. In dem Punkt kann ich ihr völlig folgen. Und mit dem Thema Sucht kenne ich mich ein bisschen aus, Hellblau.

Seltsamerweise verspüre ich, seit ich hier bin, keinen mentalen Hunger. Das kenne ich vom Fasten anders. Die mentalen Verführungen, Gelüste sind da am schlimmsten. Ich sagte dir ja bereits, dass ich einmal als Veganer das Fasten mit einem Fleischkäsebrötchen gebrochen habe. Das Verlangen war derart groß. Kannst dir bestimmt vorstellen, oder? Aber wieder zurück zu unserer Hübschen. Das Gestrichelte, so sagte sie, sei die Seele. Nicht gerade romantisch, oder? Die kleinen magentafarbenen Kringelchen darüber sollten die Seelenanteile, die wir anscheinend bewusst oder unbewusst verramscht haben, darstellen. Mag ja sein, dass es so etwas wie einen Dämon gibt, der einen belagert, Alkohol beispielsweise. Oder warum nicht gleich der Glaube an ein Ich, wenn wir schon auf dieser Ebene sind. Und dass du mehr Energie bekommst, wenn du den Dämon los bist, ist mir auch klar, aber warum eine Seele da mit ins Spiel bringen? Muss doch nicht sein.

Mittlerweile blinzelte die Sonne durch die Terrassentüren herein, ihre Sprossen warfen Schattengitter auf das Parkett, der Saal schien zu erwachen und wirkte noch viel, viel schöner. Wir blieben leider im Schatten, ohne die Sonnenstrahlen zu spüren. Kalte Füße, kalte Hände. Ich hätte auch ein bisschen Sonne vertragen können. Das Holz im Raum fing an zu knacken. Die Hübsche schaute in der Luft um sich und sagte: »Hier ist gerade eine Menge los. Viele niederschwingende Wesen zerschellen wegen der hohen Schwingung hier; Energien fließen zurück.«

Sie brachte das schon alles gut rüber, Hellblau, aber das nahmen ihr die Wenigsten ab. Alle hielten den Mund, bis auf einen. Und dreimal darfst du raten, wer. Klar, das Greenhorn neben mir.

Hey, Hellblau, siehst du die Biene auf dir, da rechts? Sie ist noch so klein und an den Hinterbeinen haften schon die Pollen. Kinderarbeit. Sieht ziemlich schwach aus. Irgendwie wirkt sie spastisch. Die haben es auch nicht leicht, etwas Ungespritztes zu finden. Sieht schön aus, auf deiner hellblauen Haut. Und weg war sie.

Ja, also, das Greenhorn konnte sein Maul nicht halten und erklärte ihr in wissenschaftlichem Jargon, dass Holz, welches sich erwärmt, quillt und Kaltes schwindet. Darauf reagierte die Hübsche etwas angegriffen und sagte:

»Es ist gut so, dass die meisten dieses Schauspiel nicht sehen können. Sie würden in die Psychiatrie eingewiesen werden. Ihr könnt also froh sein, nicht das zu sehen, was ich sehe.«

Ja, Leuchtturm, jeder spielt halt seine Rolle.

Die Küchenglocke läutete – Pause. Die Nonnen öffneten die großen Flügel und verschwanden. Vermutlich zum Mittagessen. Eine Dreiviertelstunde hatten wir »um alles erst mal sacken zu lassen«, wie die Hübsche meinte. Eine Glasflügeltür wurde geöffnet, sodass wir nach draußen konnten. Mann, ich sag's dir, Hellblau, so was wird heutzutage nicht mehr gebaut. Wenn du auf so einer Veranda stehst und nach unten in den Garten mit Obstbäumen,

Gemüse, Beeren und dergleichen schaust, da kommst du aus dem Staunen nicht mehr heraus. Sie ist so lang wie der Saal und ungefähr drei Meter tief. Alle fünf Meter ragen wieder Säulen den Himmel empor und stützen das Vordach. Natursteinplatten, Natursteintreppen; sechs, sieben Stück, so lang wie die Veranda, führen runter auf den Rasen. Das hat Qualität, mein Freund, das hat Qualität. Hier würde ich gerne wohnen. Ich glaube, das denkt jeder, der dort steht.

An die fünfzig Obstbäume stehen da, die Kirschen blühen schon schön weiß und an den Apfelbäumen platzt das Grün aus der Rinde. Folie liegt auf einem Stück Acker und immer wieder zwischendrin blühen Tulpen, Hyazinthen und andere Frühlingsblumen, die ich nicht kenne. Drei Magnolienbäume zählte ich. Einer so groß und alt wie ein Haus. So majestätisch steht er da, in voller Blüte. Da habe ich echt Glück, das zu sehen, die Blütezeit ist nämlich relativ kurz. Unter ihm steht eine neue, bequem aussehende Holzbank – dafür hab ich ein Auge, Hellblau –, auf der eine grau-gold getigerte Katze ihr Mittagsschläfchen hielt. Also, du kannst dir vorstellen, mein Lieber, das ist ein Ausblick, wie er in Romanen beschrieben wird. Und hier leben Nonnen, die sich dafür scheinbar nicht im Geringsten begeistern können, sonst würden doch einige hier herumspazieren, das macht doch alles keinen Sinn. Was ist das nur für ein eigenartiger Ort, Hellblau? Ich frage mich, wer das alles bewirtschaftet. Doch nicht etwa der Franz von der Alm? Nein, denken ist heute nicht angesagt.

So was wird heutzutage nicht mehr angelegt. Es sieht nicht aus wie in einem Schlossgarten, eher wie auf einem großen Anwesen von einem wohlhabenden Menschen, der noch ein Auge hat für sein Umfeld. Aber keiner spazierte da draußen herum oder ging der Pflege nach, zumindest habe ich während der zwei Tage noch keinen Bewohner auf dem ganzen Klostergelände gesehen, bis auf die zwei Domitillas, die Hübsche und ihren Franz von der Alm und die anderen Teilnehmer natürlich. Alles ist so leer und still, als wenn alle immer gerade zu Mittag wären oder mal eben auf einer Betriebsversammlung, Domitilla-Nonnenversammlung. Und dennoch spürte man die Anwesenheit von ein paar Übriggebliebenen. Die Hübsche würde das bestimmt auf die Anwesenheit von noch nicht gegangenen Seelen zurückführen. Und in der Tat, ich fühle mich auf irgendeine Weise beobachtet. Ich kann mir nicht vorstellen, dass ich mir das nur einbilde. Jeder, der schon einmal alleine in den Bergen war, weiß, wie es sich ohne Menschen anfühlt. Irgendetwas ist hier faul. Für wen duften die Brötchen und für wen wird hier zu Mittag geläutet? Für uns ganz bestimmt nicht.

Jedenfalls, mag es sich auch noch so pathetisch anhören, ist das der schönste Garten, den ich je gesehen habe. Jeder Schlossgarten kann sich da eine Scheibe von abschneiden. Und alles war gerade von der Sonne durchtränkt. Irgendwo dort rechts hinten musste der Swimmingpool sein. Ich war unfähig, den Garten zu betreten, ich wollte ihn so genießen, alles, in seiner Gesamtheit für Augen und gelegentlich für die Nase, wenn der kalte Wind ab und zu den dezenten Duft der Kirsch- und Fliederblüten heraufwehte. Auch kein anderer Seminarteilnehmer betrachtete sich den Garten von Nahem.

Während der Pause habe ich die Frau angesprochen, die das Zimmer hier vor mir bekommen hatte. Ich fragte, ob sie denn auch ein Fenster in ihrem Zimmer habe, worauf sie mich verwundert ansah und mit der Gegenfrage »Ja, warum?« bejahte. Als ich meinte, dass an dieser Stelle normalerweise kein Fenster sein dürfte, sondern ein Korridor oder so, und der Empfangshof viel weiter vorne läge, Richtung Norden, unser Zimmerfenster aber gegen Westen angelegt sei, meinte sie lapidar mit dümmlichem Blick: »Da ist aber eins.« Ihre Augen schielten etwas zur Nase, was sie richtig dumm aussehen ließ. Ja, sorry, Hellblau, ist halt so. Und auch von ihrem Fenster sehe sie in den Empfangshof mit der großen Linde, meinte sie. Ich fragte dann noch eine andere, die ich für etwas heller hielt. Darüber habe sie sich noch gar keine Gedanken gemacht, meinte sie. Eine weitere Person wollte ich nicht mehr fragen. Nicht, dass meine Ausfragerei noch zum Gesprächsthema wird. Aber dass das niemandem auffällt?

Ach, Hellblau, ich habe auch grad keine Kraft, mir darüber Gedanken zu machen. Heute bin ich echt platt, so ausgelaugt und lasch, als wäre ich in der Nacht, ohne es zu wissen, den Großglockner zweimal rauf- und wieder runtergewandert.

Also, mein lieber Hellblau. Dann werde ich mir mal anhören, was es Neues von der weißen Horde gibt. Angeblich wird es Tipps und No-Gos für den Alltag geben. Absichten sollen gesprochen werden und eventuell lernen wir noch eine Atemübung. Na, schauen wir mal, viel verspreche tue ich mir von dem Scheiß nicht. Ich denke mal, dass ich dir auf der Fahrt nach Hause schon etwas davon erzählen werde, bevor ich alles wieder vergesse. Sonst gibt es eigentlich nichts Erwähnenswertes.

Oder doch. Das noch. Ich erinnere mich, wie die Hübsche irgendwann nach der Pause sagte:

»Je öfter ihr euch im Nullpunktfeld oder in eurem Seelenraum befindet, bei euch selbst, desto weniger Gelüste auf physische Nahrung werdet ihr verspüren. Ihr müsst euch immer stets aufs Neue daran erinnern, denn darin seid ihr genährt. Ich verweile neunzig Prozent des Tages darin, deshalb verlangt mein Körper nur nach Wasser.«

Du, Hellblau, da dachte ich kurzzeitig, dass sie die Selbstnahrung als Köder benutzt. Bei dem ein oder anderen könnte das wirklich funktionieren. Der ein oder andere nimmt die Lücke zwischen den Gedanken wahr und findet Gefallen daran. Und vor lauter Liebe zur Lücke mag er vielleicht sogar erkennen, dass es ihn als Person nur virtuell gibt und er ebenso erscheint wie die Sonne oder ein Leuchtturm in Hellblau. Das könnte bei dem einen oder anderen echt passieren. Aber die meisten dürften sich, glaub ich, eher mit diesem Konzept abmühen, sich Vorwürfe machen, dass sie es nicht schaffen, möglichst lange in der Selbstnahrung zu bleiben, und werden sich weiter verstricken. Aber warum sollte sie das tun? Und warum sollte sie mit verdeckten Karten spielen? Fakt ist jedenfalls, dass bei ihr die Selbstnahrung funktioniert. Also ich nehme ihr das hundertprozentig ab, Hellblau. Auch dass ihre Kinder abends nur ein paar Teiglinge zum Spaß braten und anschließend nur wenige davon essen, das nehme ich denen gänzlich ab. Schon alleine, weil ich auch nicht aus Hunger esse. Nur, glaube ich, musst du dir nicht den ganzen Tag darüber bewusst sein, ewiges und unendliches Bewusstsein zu sein. Wie soll denn das gehen? Da erscheint dir beispielsweise der Gedanke »Hab ich noch genügend Klopapier? Ich schaue mal nach, sonst muss ich welches holen« und schon bist du draußen aus dem Nullpunktfeld. Ja gut, sie braucht ja keins mehr. Aber Mehl für die Kinder holen oder so. Und meinte sie wirklich, dass ihre Kinder sich die ganze Zeit dessen gewahr sind? Ja, das glaub ich auch noch, Hellblau.

Sie bräuchte nur erkennen, dass der, der sich immer im Nullpunktfeld aufhalten möchte, der sich abrackert, im Seelenraum grinsend zu verweilen, ebenso in der Matrix erscheint wie alles andere, und fertig. Aber soll sie doch machen. Der Liebende wird nie aufhören zu lieben. Aaahhh. In diesem Sinne. Ich melde mich wieder.

DRITTER SEMINARTAG, HEIMFAHRT

So, lieber Leuchtturm Hellblau, das war's. Der letzte Seminartag ist rum. Ich sitze in der Wartehalle vom Hauptbahnhof Ulm. Um achtzehn Uhr geht mein Zug. Noch 'ne knappe Dreiviertelstunde. Ich freue mich schon auf Zuhause, auf meine Freundin und noch ein paar Tage Urlaub. Ich fühle mich schon um einiges besser als heute Morgen, mein Freund. Bis auf ein Ziehen in der Nierengegend und das Stechen der Milz geht es eigentlich wieder recht gut. Aber über die brauche ich mir ja, laut der Hübschen keine Sorgen machen. Scheinbar wird sie stark für den Selbstnahrungskörper verändert. Rechts und links an unserer Aura sollen ja die Chakren geöffnet werden. Du weißt ja, das sind diese Energietransformatoren, die Energien aus unserem Umfeld aufnehmen und unseren Körper damit versorgen.

Außerdem spüre ich immer noch diese Blockade an meinem Solarplexus. Es zieht nach innen, sodass ich schwer Luft bekomme. Aber ich will mich nicht schon wieder bei dir ausheulen. Im Vergleich zu heute Morgen bin ich wohlauf. Akku voll. Es ging mir schlagartig besser, als ich auf meinem Stuhl im Saal saß. Leider durfte ich dich wieder nicht mit in den Saal nehmen. Sie haben es nicht erlaubt. Schade, ich hätte ihn dir so gerne gezeigt und auch den wundervollen Garten. Es ist doch noch einmal etwas anderes, wenn man es in echt sieht. Na ja, ich hoffe mal auf deine Vorstellungskraft.

Aber weißt du, was ich vermissen werde? Das Wasser. Das Wasser war wirklich köstlich. Ich habe mir noch zwei Flaschen davon abgefüllt. Das rinnt so weich den Hals hinunter wie ... keine Ahnung ... Wie ohne Widerstand eben. So wie wenn man eine Murmel in diese Holzspirale legt, in der sie dann kreisend nach unten rollt. So in etwa musst du es dir vorstellen.

Es ist wirklich jammerschade um dieses schöne Objekt hier oben, Hellblau. Hätte ich Geld oder irgendeine Idee und Investoren, ich würde es mir sofort unter den Nagel reißen. Es scheint ja wirklich fast leer zu sein. Als ob nur die Familie und die zwei Domitilla-Nonnen dort wohnten. Aber manche Ecken waren schon etwas mystisch und unheimlich. Gerade dieses Gebäude, das Richtung Osten gelegen hatte. Ich bin da gestern Abend noch ein wenig rumspaziert. Ja, ich glaube, es war gestern Abend. Es hatte so eine düstere und unheimliche Aura – du weißt, grins –, dass ich mich anfangs nur bis in das Treppenhaus traute. Es war dunkel, kalt, modrig und totenstill. Aber nicht leer. Als ob sich gerade in dem Moment, als ich die Türe öffnete, schnell alle Geister hinter die Möbel versteckten, um dem einfallenden Licht zu entkommen. Ich habe mir

dann aber doch ein Herz gefasst. Rechts führte eine abge-
nützte Holztreppe in den oberen Stock und links von dem
schmalen Gang befanden sich zwei weiß lackierte Holz-
türen mit gusseisernem Türgriff über einem sichtbaren
Kastenschloss. Ich ging auf Zehenspitzen zu der ersten,
ließ aber die Haustüre auf. Mann, ich krieg immer noch
Gänsehaut, wenn ich daran denke, Hellblau, siehst du das?
Es war so totenstill und scheinbar leer, aber mir war, als
würden lauter Tiere mich belauern und hinter meinem
Rücken vorbeihuschen, weswegen ich mich auch immer
wieder ruckartig umdrehte, doch da war nie jemand. Ich
drückte langsam den Türgriff nach unten und zog dabei
leicht die Türe zu mir. Dabei fasste ich in ein Spinnennetz.
Das Kastenschloss war geölt, denn ich spürte keinen Rost,
der kratzte. Schön geschmeidig und lautlos ließ es sich
öffnen. Aus dem schmalen Spalt schwärmte angenehme
Ofenwärme heraus und Geruch von geräuchertem Speck.
Auf dem Holzdielenboden drinnen schimmerte Kerzen-
licht, und ich konnte die Holzglut hören, wie sie gegen
das Metall sprang. Ich öffnete die Türe langsam. Auch sie
schien geölt zu sein; sie gab kein Knarren von sich. Der
weiße Lack des Türrahmens blätterte unter meinen Fingern der linken Hand und mein Herz klopfte schnell. Mit
einem Mal hörte ich, wie sich ebenso schnelle Schritte auf
den Holzdielen näherten. Ohne die Türe zu schließen oder
mich umzusehen, rannte ich in den Hof bis kurz vor den
Haupteingang. Mein Hals pochte. Dort ging ich dann normal weiter, um nicht den Eindruck zu erwecken, ich hätte
etwas Verbotenes getan.

Anschließend ging ich sofort aufs Zimmer und schloss

die Tür hinter mir. Es war mir nicht mehr nach draußen. Boah, Hellblau, hab ich Schiss bekommen. Wer wohnt denn da in diesem toten Gebäude? Wärst du in dem Flur gewesen, du hättest auch gedacht, dass den schon mindestens ein Jahr niemand mehr betreten hatte. Nichts von dem beheizten Raum drang nach draußen. Ich schaute aus meinem Fenster in den Hof und sah auch den Eingang, aber da war niemand. Auch nicht im Hof. Vorausgesetzt, dass das ein echter Blick in den Hof war, was ja eigentlich nicht sein konnte. Jedenfalls ist mir die Lust auf geheime Erkundungen vergangen. Es war ja auch schon spät und von daher nicht weiter schlimm. Ich hatte es gerade noch rechtzeitig von meinem Spaziergang zurückgeschafft, bevor sie die Tore schlossen. Davor bin ich dieses Mal durch das andere Tor Richtung Westen hinausgegangen, in den Wald, wo ich einen noch aktiven Schießplatz der Bundeswehr entdeckte. Ich habe auch ein paar Gewehrpatronen auf dem Gelände gefunden, das ich verbotenerweise betreten habe. Überall Sand, durchzogen von dicken Reifenspuren. Gräben, Büsche, Baumstämme und Blechfässer waren dort die Spielwiese der Burschen.

Also, für den Abend hatte ich genug von Entdeckungen.

Oh, Hellblau, zehn vor sechs. Vor lauter Quatschen habe ich total die Zeit vergessen. Jetzt muss ich aber machen, mein Zug ist bestimmt schon eingefahren. Ich melde mich wieder.

So, mein lieber Leuchtturm Hellblau, jetzt fahren wir wieder nach Hause, unsere Reise geht zu Ende. Um kurz vor acht sind wir in Radolfzell. Wo mein Schatz, sollte nichts dazwischenkommen, auf uns warten wird. Ich freue mich schon, sie endlich wiederzusehen, obgleich ich natürlich weiß, dass sich die Freude schnell wieder ins Alltägliche wandeln wird. Aber dennoch weiß man einmal mehr, wie sehr man doch an dem anderen hängt. Ich habe zwar beobachtet, wie sich der Trennungsschmerz von Tag zu Tag minimierte und ich mich an die neue Umgebung gewöhnte, freue mich jetzt aber total auf sie und die vertraute Atmosphäre zu Hause. Mal sehen, wie sich das mit der Selbstnahrung daheim umsetzen lässt, denn konstant im Nullpunktfeld oder Seelenraum verweilen ist unmöglich, da kam heute auch noch eine ganze Menge dazu, lieber Hellblau. Aber zuerst wollte ich dir noch erzählen, wie schön die Vögel dort oben, vor allem morgens und abends, gesungen haben. Das habe ich noch gar nicht erwähnt, vor lauter Gebrechen und den vielen neuen Eindrücken. Es ist mir natürlich dennoch nicht entgangen. Und gerade vorhin, als ich am Bahngleis im eisigen Wind stand – zumindest kam er mir eisig vor, ich habe da im Moment überhaupt kein natürliches Gefühl dafür, ich friere ständig – und in den Zug stieg, erinnerte mich eine singende Amsel daran. Und da dachte ich, das erzählst du dem Herrn Leuchtturm nachher noch.

Ja, wie gesagt ging ich morgens und abends immer mal eine Runde spazieren, vertrat mir von dem ständigen Sitzen die Beine und übte leichte Stretchings aus. Und gerade jetzt im Frühjahr singen die Vögel besser als jedes Orchester der Welt, ohne Dirigenten, einfach, wie ihnen der Schnabel gewachsen ist. Die Amsel und auch ein paar andere, sogar im strömenden Regen. Das wirkt sich natürlich auch bei jemandem, der nicht bewusst darauf achtet, in der Befindlichkeit aus. Ja, auch wenn ich das Zwitschern nicht immer bewusst wahrgenommen habe, spüre ich doch eine große Dankbarkeit ihnen gegenüber. Vielen Dank, ihr Lieben, für euer Dasein, euer Singen und Jubilieren, für eure Einfachheit und erhellende Stimmung, ja, für das Zeigen, dass es nicht viel braucht. Von Herzen vielen Dank.

Das musste mal gesagt werden, Hellblau. Es sind die einfachen Dinge im Leben. Es braucht nicht so viel, um zufrieden zu sein. Im Grunde genommen nicht einmal das Zufriedenseinwollen. Gerade das nicht. Einfach im Spazierengehen wahrnehmen, dass alles von selbst läuft, ohne ein Hinzutun von wem auch immer. Dabei wird mir sofort wohl ums Herz. Darin ist alles okay. Einfach okay.

Heute Morgen, als ich mich mit dir unterhielt, hatte ich das Fenster auf kipp, saß einen Moment mit geschlossenen Augen da und habe dem Orchester gelauscht. Zwischen den vielen unbekannten Stimmen hörte ich immer mal wieder eine vertraute, wie zum Beispiel den Kuckuck mit seinem gemütlichen, schelmischen »Kuckuck Kuckuck Kuckuck«. Oder der Gesang der Amsel, die die Sonne schon weit vor uns aufgehen spürt. Auch den Specht und die Nachtigall konnte ich aus dem Orchester heraushören. Zwitscher zwitscher, tschilp tschilp, klopf klopf, drrrr drrrr, kuckuck kuckuck, muimuimuimuimuimui. Herrlich. Einfach nur dasitzen und das genießen, Hellblau, erfüllt mich einfach nur mit Dankbarkeit. Aber gut jetzt. Ich will dich nicht langweilen mit solchen Dingen, sondern dir von dem letzten Tag erzählen. Das war noch mal so was, du.

Dunkle-Liste, Intentionen-Sprechen und durchgehen, was man essen darf und was nicht. Das waren die Themen des dritten Seminartags. Schon etwas dreist, Hellblau, oder? An einem Seminar für Selbstnahrung, wo es darum ging, sich aus seinem Selbst zu nähren, sprach man einen halben Tag darüber, was wir in Zukunft essen dürfen und was vermieden werden soll. Aber der Reihe nach.

Nach unserer kurzen Unterhaltung ging ich runter, den langen Korridor an der Küche vorbei in Richtung Empfang. Du, der ganze Flur duftete nach frisch gebackenem Brot. Ich atmete tief durch die Nase ein, um zu schauen, ob ich Gelüste bekäme. Nichts. Ich stellte mir vor, wie ich in eine frische Brezen biss. Nichts. Kein Verlangen.

Im Hof pumpte ich frisches Wasser vom Brunnen herauf. Als ich zwischen Rosen, Tulpen und Narzissen ins Haupthaus zurückging, hörte ich aus der Kapelle Frauengesang. Also so Gebetsgesang, wie man es von der Kirche her kennt, aber so schön, dass ich trotz Zeitmangel stehen blieb und den Atem zum Lauschen anhielt. Das mussten die Domitilla-Nonnen gewesen sein. Der erste Hinweis, dass doch noch mehr Personen hier lebten. Hohe Stimmen, die die Töne voller Hingabe in die Länge zogen. Es hörte sich an, als sängen bestimmt zwanzig Frauen. Also geistern hier doch noch irgendwo Nonnen herum. Vielleicht leben die ja streng enthaltsam in ihren Zimmern und kommen nur zum Essen und Beten heraus; wenn überhaupt. Ganz komisch, wenn ich mir das vorstelle. Was die in solchen Zimmern alles aus Langeweile anstellen, vielleicht sich kasteien oder fingern? Könnte doch alles sein. Warum nicht, Hellblau? Garantiert gibt es das irgendwo.

Hat doch jeder schon mal gemacht, oder? Also es sich selbst besorgen, meine ich. Oder man kocht einfach was aus Langeweile. Das ist so ein Muster von mir: bei Langeweile kochen. Ohne den geringsten Hunger zu verspüren, mache ich mir dann was zum Essen. Verrückt, nicht wahr? Wer weiß, vielleicht kommt ja auch gelegentlich die Bundeswehr vom Schießplatz zum Essen und leistet den Nonnen ein wenig Gesellschaft.

Zum letzten Seminartag betrat ich als Letzter den Saal. Die zwei Domitilla-Nonnen schlossen die großen Flügel zum Saal, in dem die Hübsche schon auf ihrem Hocker saß, den Blick auf den Boden vor sich gerichtet. Franz von der Alm, dessen Art mir in den letzten Tagen ans Herz gewachsen ist, saß wieder auf den Waden neben ihr. Unterwürfig, aber zufrieden. Der Hübschen schien schon die Sonne auf den Rücken. Graziös, majestätisch und im Einklang mit dem Gebäude saß sie in sich gekehrt mit einem Zettel in der rechten Hand. DIN A8, nicht größer. Sie hob ihren Blick und sagte leicht schmunzelnd:

»Das ist die Dunkle-Li…« Das Holz im Saal knackste laut und echote durch den Raum. »Es geht wieder los. Die schwachen Wesen wehren sich mit aller Kraft. Ohne eure Energie haben sie keine Überlebenschance. Sie werden es mit allen Mitteln versuchen. Starker Zweifel wird nun in euch aufkommen.« Sie fuhr sich durchs Haar und legte es leicht nach links, sodass ihr zierlicher, zum Reinbeißen erotisierender Hals hervorblitzte. Dass sie bei so vielen herumschwirrenden Wesen den Hals freilegt, Hellblau?

»Dem ein oder anderen dürfte die Dunkle-Liste ein Begriff sein«, fuhr sie fort. »Ich habe hier die bekanntesten

Wesen notiert, bei denen ihr gewiss sein könnt, dass ihr, wenn ihr mit ihnen schon zu tun hattet, bewusst oder unbewusst, vertraglich an sie gebunden seid. Eure Seelenanteile geben ihnen die Energie. Ich lese sie euch gleich vor. Anschließend werden wir laut Intentionen aussprechen, die diese Verträge löschen, damit eure Seelenanteile zu euch zurückfließen können. Sie müssen laut ausgesprochen und bewusst liquidiert werden.« Der Saal knackste nun wirklich bedenklich oft, Hellblau. »Manche Verträge sind so stark, dass ihr sie zu Hause nochmals wiederholen müsst. Wenn bei euch also nach dem Intentionen-Sprechen noch das Gefühl vorhanden ist, dass ihr euch von dem ein oder anderen nicht lossprechen wollt, könnt ihr davon ausgehen, dass diese scheinbaren Menschen oder Konzepte – in Wahrheit sind es nur getarnte dunkle Wesen der Matrix – noch im Besitz von einem Teil eurer Seele sind. Hier empfehle ich euch, die Intentionen zu Hause so oft zu wiederholen, bis eure Zuneigung zu ihnen durchtrennt wurde. Das hört sich einfacher an, als es letztlich sein wird, aber es ist die einzige Möglichkeit, eure Seelenanteile wieder zurückzuerobern und euch von der Matrix zu lösen. Praktizieren, nicht denken.«

Sie sagte das alles mit viel Mitgefühl, aber klar und unverblümt. Wenn sie so sprach, Hellblau, dann hätte ich sie am liebsten von der Stelle weg in den Garten geschleppt, ihren ganzen Körper mit wilden Küssen verschmutzt und unter dem Magnolienbaum vernascht. Auf solche Frauen fahre ich total ab. Frauen, die wissen, was sie wollen. Selbstbewusst und dennoch liebevoll.

»Nach jeder ausgesprochenen Intention gehen wir für

zwei bis fünf Minuten in das Nullpunktfeld und den See-lenraum. Ohne euer Zutun werden sie dort verbrennen. Gut, hier erst einmal die berühmte Dunkle-Liste«, sagte sie schmunzelnd.

Dann ging es los, Hellblau. Ein Name nach dem anderen fiel und mir war einer unbekannter als der andere. Sie musste sehr, sehr klein geschrieben haben oder nur Ab-kürzungen, möglicherweise Steno, denn das hörte einfach nicht auf. Ich hätte vielleicht fünfzehn auf den Zettel be-kommen, aber sie hatte mindestens schon dreißig ausge-sprochen. Auch Bücher oder so Sachen wie Reiki, Mantras, Qigong und so ein Zeug zählte sie auf. Jegliche Art von Einweihungen, Schamanismus, Weiße Bruderschaft, Reli-gion oder selbst als Bürger eines Landes hatte man Teile seiner Seele unbewusst vertraglich vergeben, meinte sie. Also, so gut wie jeder Mensch, Hellblau. Gutes Geschäfts-modell, dachte ich mir. So läuft es doch überall. Zuerst erfinden sie ein Problem, so furchterregend wie möglich, aber noch im Rahmen des Glaubhaften, und dann zeigen sie dir die ultimative Lösung.

Ihre Aufzählungen gingen noch eine Zeit lang so weiter, während sie immer wieder von Seminarteilnehmern un-terbrochen wurde, die fragten: »Wieso der?« Oder: »Das auch?« Im Gegensatz zu mir schienen sie die meisten zu kennen. Ich möchte sie hier auch nicht nennen, nicht dass du später deswegen noch Ärger bekommst. Oder vielleicht einen, den … Nein, lieber nicht.

Ich sah nach einer Weile durch die Verandatüren hinaus zum Wald und habe alles nur noch so halb mitbekommen. Es interessierte mich einfach nicht. Das ist schuld und der ist schuld. Was für ein Scheiß. Ganz ehrlich. Wie wenn du dir eine Liste von Symptomen durchliest, um zu erfahren, welche Krankheit du hast. Vergleichst du sie mit einer Liste einer anderen Krankheit, sind die Symptome meist zu drei Vierteln identisch. Amalgamfüllungen sind, was das betrifft, das Maß aller Dinge. Hier findest du jegliche Arten von Symptomen. Aber die meisten geben keinen Rückschluss auf eine Krankheit.

Für mich klingt das irgendwie nicht stimmig. Und wenn ich mich irgendwo langweile, wo ich nicht einfach verschwinden kann, genieße ich einfach die Show, die Liebe, die sich überall ausdrückt. Sei es draußen im Garten oder wenn die Hübsche dummes Zeug erzählt; sofort ist sie da, die Liebe, wegen der alles so ist, wie es ist. Die sich einfach nicht zurückhalten kann. Selbst dann nicht, wenn sie als ihr scheinbares Gegenteil erscheint, um zum Ausdruck zu kommen, bleibt sie stets, was sie ist. Sag mir, lieber Hellblau. Was, außer der Liebe wäre dazu fähig? Da verschlägt es mir die Sprache, mein Lieber, da geht mein Herz auf. Aber das ist schwierig oder gar unmöglich zu vermitteln. Diese Sicht ergreift nur denjenigen, den es ergreifen soll. Du machst dir nur Probleme, wenn du ungefragt darüber redest. Am besten ist es, du hältst einfach das Maul und … Ja, nichts und – mehr gibt es da nicht zu sagen. Alles andere wäre schon wieder zu viel. Nur noch so viel: Wenn der freie Wille tatsächlich Illusion ist, wenn da wirklich niemand ist, der entscheiden kann, wenn da einfach nur die Liebe ist, die selbst keinen freien Willen hat oder braucht, die einfach nur ihrer Natur wegen zum Ausdruck kommen muss, die sich einfach nicht zurückhalten kann, sag mir, wem oder was willst du da einen Vorwurf machen? Dir selbst?

Als sie dann endlich durch war mit ihrem DIN-A8-Zettel, schien die Luft im Saal doppelt so schwer. Die weiße Horde war niedergeschlagen und k. o., als hätten sie gerade einen fettigen Schweinebraten mit zwei großen Semmelknödeln und Blaukraut verdrückt. Keiner hatte mehr eine Frage auf dem Herzen. Alle waren pappsatt und niemand verlangte nach einem Nachschlag. Ich sowieso nicht, Hellblau. Aber befriedigt hat mich die Speise auch nicht gerade.

»Ich finde«, durchbrach die Hübsche die Stille, »jetzt ist ein guter Zeitpunkt für das Intentionen-Sprechen. Eine kleine Pause vielleicht zuvor; zehn Minuten höchstens. Bitte verlasst alle den Saal. Ihr könnt derweil die Toiletten aufsuchen, eure Wasserflaschen füllen oder an die frische Luft gehen. In der Zwischenzeit werde ich den Raum von den negativen Energien reinigen. Sobald der Saal wieder offen ist, nehmt bitte Platz und bleibt für euch. Wenn das Seminar wieder vollzählig ist, geht es direkt weiter«, sagte sie, stand von ihrem Hocker auf und öffnete die schönen Sprossentüren, während die zwei Domitilla-Nonnen sich wieder an den zwei wuchtigen Flügeln zu schaffen machten. Apropos, Hellblau: Eine Nonne kauft sich einen Vibrator, legt die Batterien ein, schaltet ihn an und sagt: »Brauchst nicht so zu zittern, es ist auch für mich das erste Mal.« Grins, Halleluja.

Ich ging mit meiner Flasche auf die Toilette. Das war vielleicht ein altes kaltes Ding, Hellblau. So eine schwarzweiße Keramikschüssel und noch mit einer Schnur zum

Ziehen, du weißt schon. Ich zog Leine und zog Leine. Zum Brunnen, Wasser holen. Bewusst genoss ich ein paar Schlucke und die vielen bunten Blumen. Aus den Rosen sprossen schon die jungen Triebe.

Gerne hätte ich jetzt Mäuschen gespielt und die Hübsche bei ihrem Hokuspokus beobachtet. Nicht dass ich an so etwas nicht glaube, prinzipiell kann ich mir, wie gesagt, alles vorstellen. Doch ich hätte ihr nur gerne dabei zugesehen, wie sie so in ihrem Element ist. Die Vorstellung machte mich an – so richtig. Was, Hellblau? Das darf man doch sagen. Jedenfalls füllte ich lieber schnell meine Flasche und ging zurück. Die zehn Minuten waren um, jeder saß frühzeitig auf seinem Platz, die Nonnen schlossen die Flügel. Die Stimmung war angespannt. Einige Teilnehmer wetzten mit dem Hintern auf dem Stuhl und suchten die perfekte Sitzhaltung, als dürften sie sich für einen längeren Zeitraum nicht mehr bewegen. Einige setzten oder legten sich sogar auf den Boden. Ich kam mir vor, als ob ich der Einzige war, der keine Ahnung hatte, um was es bei diesen Intentionen ging.

»Wir sind vollzählig«, durchbrach die Hübsche die angespannte Gemütslage. »Wie ich vorhin schon erklärte, spreche ich die Intentionen vor und ihr sprecht sie laut nach. Anschließend geht ihr für etwa fünf Minuten in das Nullpunktfeld und gleich darauf in den Seelenraum. Falls ihr euch mit einer Intention nicht arrangieren könnt, setzt ihr eben aus. Ich empfehle euch: Versucht es trotzdem. Wir werden circa eine halbe Stunde benötigen. Fangen wir also an.« Sie schloss ihre großen Augen, Hellblau, und wir taten es ihr gleich. Ihre Stimme klang wie die Zusammenfasserin von Herzblatt, so sanft und wohltuend, aber das Feeling war eher, wie wenn ein Brautpaar dem Priester nachsprach.

»Erinnert euch an eine Situation, in der ihr rundherum glücklich wart, und spürt das Gefühl in eurem Herzen.« Nach ein, zwei Minuten begann sie, die erste Intention von einem DIN-A4-Blatt vorzulesen.

»Wir, als das ewige und unendliche Bewusstsein, haben die Intention, hier und heute über den Verbindungskanal in unseren Seelenraum einzutreten!«, sagte sie und ich glaube, die ganze weiße Horde wiederholte, was sich richtig sektenhaft anhörte, Hellblau, und obwohl mir nicht wohl dabei war, sprach ich auch leise nach. Über den Verbindungskanal in den Seelenraum? Hast du so was schon mal gehört? Voll abgefahren, oder?

»Wir, als das ewige und unendliche Bewusstsein«, fuhr sie fort, »bitten hier und heute die Matrix, unsere Intentionen in die Wege zu leiten!« Wir wiederholten.

»Wir, als das ewige und unendliche Bewusstsein, haben die Intention, hier und heute, alle fremden Muster und Konditionierungen, die sich in unserer Erscheinung, in Gestalt von materiellem Körper, immateriellem Körper, dem galaktischen Körper, bis hin zu denen, die sich in unserer matrischen Zone befinden, zu deaktivieren«, so formulierte sie es, glaube ich, bin mir aber nicht sicher, Hellblau, viele dieser Wörter hörte ich zum ersten Mal, »und alle Verbindungskanäle, insbesondere den vertikalen Hauptverbindungskanal zum Göttlichen, von Störfeldern zu beseitigen!« Ich kann dir bei dem wirren Zeug nicht mehr alles präzise wiedergeben, Hellblau, aber so in etwa hatte sie es gesagt und wir haben es nach und nach wiederholt. Die nächste Intention war nicht weniger crazy.

»Wir, als das ewige und unendliche Bewusstsein, haben die Intention, hier und heute, alle elektrischen Elemente, insbesondere Nanochips, ererbtes wie übernommenes Karma, luziferische Vieren«, ohne Gewähr, Hellblau, »alle Abschnürungen in unseren Transformatoren und alles Verschachtelte in den Milzeschichten zu exstirpieren!«

Hey, Hellblau, da fehlen dir die Worte, nicht wahr? Was man nicht alles tun muss, oder? Und was es nicht alles gibt, das an einem haftet. Milzeschichten, nie gehört. Mit der Milz hatte sie es sowieso. Da war noch eine Intention, Hellbau, mit der wir beabsichtigten, die Milzchakren, die angeblich auf Hüfthöhe an den Seiten unseres Körpers sitzen sollen, zu mobilisieren und die gesamte darin enthaltene und für den Selbstnahrungskörper nötige Dynamik dort an die frische Luft zu befördern.

Da ich immer noch das Stechen in der Milzgegend verspürte, sprach ich hier mal etwas lauter nach. Kann ja nicht schaden, dachte ich. Vielleicht ist ja die Milz nur etwas überlastet mit der Entgiftung. Heute ist ja der vierte Tag, wo ich nichts esse, da kann so eine Intention nicht verkehrt sein.

Verrückt, oder? Im Nachhinein muss ich echt schmunzeln.

Zwischen den Intentionen bin ich immer wieder weggedriftet. Ähnlich einem Sekundenschlaf. Nur war ich anschließend sofort wieder wach. So etwas mache ich normalerweise lieber für mich, aber was sollte ich sonst machen? Im Seelenraum verweilen? Grins.

Aber du, Hellblau, ich kenne Sekten ja nur aus dem

Fernseher oder was man in Büchern darüber liest. Während wir jedoch die Intentionen rezitierten, kam ich mir vor, als säße ich mitten in einer solchen. Die Hübsche hat die einzelnen Absätze mit Herz vorgelesen, während wir kopflos, klanglos alles wiederholten. Wie in den Filmen eben. Und dann noch mit diesen außerirdischen Wörtern: Verbindungskanäle, matrische Zone, luziferische Vieren, Nanochips und so weiter. Manchmal durchfuhr mich beim Nachsprechen ein Frösteln, das mir die Haut zusammenzog und die Haare aufstellte. Bei dem Gedanken daran schüttelt es mich grad wieder.

Wo sind wir eigentlich, Hellblau? Ich war gerade so vertieft in unsere Unterhaltung, dass ich nicht einmal aus dem Fenster gesehen habe. Ich sehe nichts Bekanntes. Sieben Uhr. Irgendwo auf halber Strecke. Egal, ich will dir weiter vom letzten Seminartag erzählen. Wir haben nicht mehr viel Zeit.

Also, als wir mit den Intentionen fertig und alle wieder so halbwegs da waren, sich streckten und auf den Pobacken hin und her wetzten, erklang die Küchenglocke.

»Gerade richtig«, sagte sie. Die Domitilla-Nonnen öffneten die Holzflügel und verschwanden, die Hübsche entließ uns in die Pause. Es musste bestimmt schon eins durch gewesen sein.

Nach der Pause wurde über die Intentionen erstaunlicherweise kein Wort verloren. Wie bei einem Tabuthema zwischen einem Ehepaar. Jeder weiß, dass es da etwas zu klären gibt, aber keiner schneidet die Problematik an. Vielleicht aus Scham, aus Stolz, aus Angst, nicht streiten wollen, warum auch immer.

Jedenfalls ging es nun um das Essen. Grins. Um das Essen, Hellblau. Ist das nicht zum Totlachen? Ich bin doch hierher gekommen, habe mir die Strapazen aufgehalst, um mir einen Weg zeigen zu lassen, nicht mehr essen zu müssen, und jetzt ... Jetzt redeten wir über das Essen. Was man nicht darf und wie viel von dem Erlaubten. Das fand ich irgendwie ein einseitiger Energieausgleich. Echt, Hellblau.

Die Hübsche stand vom Hocker auf und ging an den Flipchart links neben ihr. Sie schrieb mit einem blauen Stift in Großbuchstaben »NO-GOS« drauf und mit einem roten Stift darunter die sechs verbotenen Früchte im Paradies.

NO-GOS
Tierische Produkte
Kaffee/Tee
Nikotin
Alkohol
Salz
Trockenfrüchte

Sie meinte, wenn wir Gelüste bekämen, aber diese sechs No-Gos mieden, wäre es fast unmöglich, aus der Schwingung der Selbstnahrung wieder herauszufallen. Würden wir aber etwas von diesen Lebensmitteln zu uns nehmen, würde es uns wieder in die Matrix ziehen und es wäre schwer, da aufs Neue herauszukommen.

»Tierische Produkte«, erklärte sie, »sind absolut tabu. Sie sind stark in der Matrix verankert. Nehmt ihr sie in euch auf, nehmt ihr auch deren niedere Information auf. Diese haftet wie ein schwerer Stein in eurem Lichtkörper. Ein kleines Stück Käse würde euch für mindestens einen Monat auf einer niederen Schwingung halten, von wo aus ihr sehr leicht beeinflusst werden könnt. Ihr würdet unmittelbar nach dem Stück Käse bemerken, wie die Zuneigung zu euren Mitmenschen erlahmt. Das wäre ein wirklich enormer Verlust und ein denkbar schlechter Tausch. Adam und Eva und der Baum der Erkenntnis sind hinsichtlich dieser Sache eine gute Metapher. Eure Verbundenheit und Empathie zu allem würde sich zutiefst verringern. Ein wirklich existenzieller Verlust von euch selbst.«

Das hat sie schön gesagt, Hellblau, das hat mich tatsächlich berührt.

»Kaffee/Tee«, las sie am Flipchart ab, »durchlöchert eure Aura wie ein Stück Emmentaler. Menschen, die niedrig schwingen, saugen durch diese Löcher Energie aus euch. Es sind Muster, mit denen sie sich mit Energie, Aufmerksamkeit und Liebe versorgen. Ihr kennt das sicherlich alle. Manchmal, nach einer Unterhaltung oder dem Kontakt mit vielen Menschen, habt ihr das Bedürfnis, euch hinlegen zu müssen. Ihr seid müde und ausgelaugt. Das ist ein Zeichen dafür, dass ihr angezapft wurdet. Diese Menschen tun das nicht bewusst. Wegen ihrer niedrigen Schwingung können sie nicht anders, als sich an euren Löchern zu schaffen zu machen. Es sind konditionierte Muster, die sich in ihnen unbewusst einnisteten und die sie mit notwendiger Energie versorgen. Sie haben den Zugang zu sich selbst verloren und halten sich über Wasser, indem sie die Liebe bei euch suchen. Oftmals gehen diese Wesen so vor, dass sie zeigen, wie gut sie sind und sich und ihr vermeintliches Wissen zur Schau stellen. Sie reden und reden, führen einen Monolog, der zu nichts führt, sodass ihr keine Lust verspürt, an dem Gespräch teilzunehmen. Dabei werdet ihr immer müder und müder und sie erblühen förmlich. Wie gesagt, das tun sie nicht absichtlich. Es sind schwache Seelen.«

Ich muss gerade an unsere Unterhaltung denken, Hellblau. Das ist ja auch ein Monolog, den ich da führe. Aber wen oder was sollte ich zur Schau stellen?

Mir kam das wieder vor wie wischiwaschimischimaschi. Vieles kann ich gut nachvollziehen, aber dann bringt sie wieder schwache Seelen mit rein. Furchtbar.

Ich kenne auch so einen, neben den sich keiner gerne setzt, weil er einen nur mit langweiligem Gequatsche zumüllt, was ihm scheinbar auch völlig am Arsch vorbeigeht. Oder vielleicht merkt er es auch gar nicht, dass er sein Gegenüber langweilt. Eine halbe Stunde neben dem und du bist total erschöpft.

Über Nikotin brauche sie gar nicht viel sagen, meinte die Hübsche. Sie sagte, es sei eine Sucht und jeder, der süchtig ist, ist der Matrix verfallen und nicht reif für die fünfte Dimension.

Ähnlich verhalte es sich auch mit dem Alkohol. Nur dass dem Trinker, egal ob regelmäßig oder gelegentlich, ein starker Dämon anhaftet, der die Person mindestens neunzig Prozent fremdbestimmt. Das sei ganz schlimm, meinte sie.

»Ihr solltet die grässliche Kreatur einmal sehen«, sagte sie und schüttelte ihren Oberkörper. Ihre kleinen, aber bestimmt reizvollen Brüste bewegten sich dabei kein bisschen. »Unter uns weilt auch jemand, der von solch einer

Kreatur fast gänzlich eingeschleimt ist. Aber er wird in Bälde von ihm befreit werden«, sagte sie, was ich ihr auch abnahm. Ich glaube wirklich, dass sie außergewöhnliche Begabungen hat. Dass sie Dinge sieht, die unsereins verborgen bleiben. Aber ich finde, dabei sollte sie auch bleiben. Schuster, bleib bei deinen Leisten und nimm nicht noch Hüte in dein Sortiment auf. Kann sie aber scheinbar nicht. Auch okay, was willst du machen, Hellblau?

»Salz. Wusstet ihr, dass Salz nicht von unserem Planeten stammt?«, sagte sie und blickte in die Runde. Ich war, glaube ich, nicht mal mehr überrascht, Hellblau. Wahrscheinlich hatte ich mich schon an ihre Geschichten gewöhnt.

»Meteoriten aus Salz sind vor Jahrmillionen in unsere Meere gestürzt. Das denke ich mir nicht etwa aus, das sagen die Wissenschaftler. Nur wird uns dieses Wissen von den Lobbyisten bewusst vorenthalten, damit wir dieses Gift weiter in uns aufnehmen. Es haftet wie ein Koloss an eurem Lichtkörper. Im Vergleich dazu ist Zucker ein wahres Vitamin. Wenn ihr Salz in euch aufnehmt, schwingt ihr nie harmonisch. Immer bringt euch der Koloss aus dem Gleichgewicht. Ähnlich wie bei einer Achterbahn, geht es langsam hinauf, um anschließend schnell nach unten zu schießen. Nie werdet ihr mit dem Konsum von Salz ein ruhiges Leben haben. Es ist pures Toxin. Die Meteoriten hatten eine sehr niedere Schwingung. Vor ihrem Einschlag hatten wir ausschließlich Süßwasser auf unserem Planeten. Nur etwa fünf Prozent der Meereswesen sollen resistent gegen das Salz gewesen sein und haben überlebt. Aus ihnen hat sich unsere heutige Meereslandschaft entwickelt.

Eine in Weltallgift entstandene Fauna und Flora. Möglich wäre auch, dass es Gift von anderen Zivilisationen war. Vielleicht schießen wir unseren Atommüll demnächst auch auf irgendeinen Planeten oder einfach in die Erdumlaufbahn«, sagte sie, Hellblau, und ich fand diese Überlegung gar nicht so abwegig. Nur soviel ich weiß, würde uns dann das Zeug irgendwann wieder um die Ohren fliegen. Wegen der Erdanziehungskraft. Aber bis dahin ist es wahrscheinlich schon ungefährlich. Hey, Hellblau, ja genau, wäre das nicht die perfekte Lösung für den Atommüll? Man müsste das Zeug nur so weit hinausschießen, dass es erst wieder herunterfällt, wenn es abgebaut wäre. Vielleicht ginge das dort oben sogar schneller. Gut möglich, dass Salz auch so ein Abfallprodukt von irgend so einer Hochkultur vor unserer Zeit war. Und die hatte es in die Erdumlaufbahn geschossen, wo es dann, nach Tausenden von Jahren, wieder herunterfiel. Jetzt höre ich mich schon an wie die Hübsche, Hellblau.

Nein, nein, nein, mein Lieber, das wäre nicht gut. Das ist keine gute Idee. Das verwerfen wir gleich wieder. Du hast nichts gehört, ja? Wäre doch nicht auszudenken, wie sie das ganze Zeug in den Himmel schießen und den Scheiß immer weiter produzieren. Die würden damit einfach nicht aufhören. Der Mensch ändert sich eben nur, wenn das Gewohnte anfängt zu schmerzen.

»Fast jedes Lebensmittel im Supermarkt enthält Salz«, sagte sie weiter. »Geht einmal bei Gelegenheit die Zutenliste der Produkte durch. Das ist schon kurios. Als ob ohne Salz nichts schmecken würde. Wir haben seit Jahren kein Salz mehr zu uns genommen. Laut aktueller Wissenschaft müssten wir schon mausetot sein. Ich finde, wir machen nicht den Anschein, als wären wir tot«, sagte sie ruhig und ernst. Einige lachten. Ich habe mal gehört, dass das Fruchtwasser im Verhältnis denselben Salzgehalt hat wie das Meer. Ja, hab ich mal gehört, mein Freund.

»Als Letztes wären da noch die Trockenfrüchte. Die reinsten Bakterienversammlungen sind das. Denn wie funktioniert die Trocknung von Lebensmitteln? Sobald wir einen Apfel halbieren und ihn in die Sonne legen, siedeln sich Bakterien darauf an und beginnen mit der Zersetzung. Sie leben darauf, belegen ihn mit ihrem Kot, das Milieu ändert sich und der Mensch nimmt es zu sich. Die reinste Pilzkultur«, sagte die Hübsche und zog leicht die linke Oberlippe nach oben, was ihr abrupt die Grazie nahm.

So habe ich das noch gar nicht gesehen, Hellblau. Meine geliebten Datteln und Feigen waren voll mit Bakterien und deren Ausscheidungen. Ehrlich gesagt lagen sie wirklich schwer im Magen und die Zähne zogen auch von dem Zucker. Also von Ernährung versteht sie, glaube ich, schon was. Aber ich bin nicht in der Lage, das zu beurteilen.

Sie meinte weiter: »Nicht ihr verspürt den Hunger. Es sind die Parasiten, die Pilzkulturen in eurem Körper, speziell im Darm.« Grauenhafte Vorstellung, Hellblau, nicht wahr?

»Mit der Zunahme von Selbstnahrung verschwindet das Hungergefühl. Ganze Nester werdet ihr ausscheiden und je mehr alte Zellen absterben, desto weniger Gelüste werden euch plagen und desto einfacher wird es für den Verstand. Aber zu Anfang wird es nicht immer einfach sein. Ihr werdet gleich den Saal verlassen, meine Schwingung und die der Gruppe können euch dann nur noch über das morphogenetische Feld unterstützen. Euer Zuhause ist voll mit Gewohnheiten, Erinnerungen und Mustern. Das alles wird gegen euch arbeiten. Es wird schmerzen, Altes loszulassen. Seid nicht zu hart zu euch und lasst die Brechstange in der Garage. Wenn ihr meint, essen zu wollen, nehmt eine Kleinigkeit zu euch. Esst aus dem Nullpunktfeld heraus. Macht keinen Egowettkampf daraus. Geht spielerisch und liebevoll mit euch um.«

Das hat sie wieder richtig herzlich gesagt, Hellblau, und vermutlich hat sie auch recht, aber ich gebe doch nicht einen Energieausgleich von vierhundertfünfzig Flocken aus, um anschließend wieder zu essen – und noch dazu ungesünder als vorher. Sie sagte uns nämlich, was wir beruhigt mäßig essen dürften. Kurz gesagt: All das, was jeder Mensch insgeheim als ungesund etikettieren würde oder zumindest die meisten. Also Weizenmehl, Öl, auf keinen Fall kaltgepresst, Nudeln, Cornflakes, Sojamilch, raffinierter Zucker seien auch kein Problem. Auch Reis mit Apfelmus aus dem Glas, das sei durchgekocht und deshalb frei von Parasiten. Gut durchgetoastetes Toastbrot und wenn möglich kein Gemüse, weil es im Dreck wächst, und wenn, dann nur richtig durchgekocht. So am Anfang, in der Übergangszeit, wären diese Dinge erlaubt, um nicht ins Gegenteil zu fallen und Fressattacken zu vermeiden. Also, Hellblau, alles richtig Totgekochte, nichts Frisches. Und warum? Na, dreimal darfst du raten, mein Freund. Genau. Frisches ist voll mit Parasiten und die halten uns in der Matrix.

Viele von der Fraktion weiße Horde fragten dann, einer

nach dem anderen: »Und was ist mit Pizza?«, »Und was ist mit Salat?«, »Und Obst?« und, und, und. Die wollten alle wissen, was sie essen durften, Hellblau. Ich war ein bisschen baff. Warum waren sie denn hierhergekommen? Ja, schon klar, jeder tut das, was er tun muss, oder um es mit Schopenhauers Worten zu sagen: »Der Mensch kann zwar tun, was er will, aber nicht wollen, was er will.« Scheinbar muss ich mich eben darüber wundern.

»Auf euren Vitaminhaushalt müsst ihr nie wieder achten. So etwas braucht ihr nicht mehr. Eure drei unteren Chakren haben sich gedreht und sind nun auf Selbstnahrung ausgerichtet. Ihr ernährt euch von nun an von euch selbst, eurem Seelenraum, und seid nie wieder auf physische Nahrung angewiesen. Durch die Drehung der unteren drei Chakren verschwindet auch das Hungergefühl, nicht aber die Gelüste. Da müsst ihr durch. Und wie schon erwähnt: lieber den Gelüsten nachgeben und eine Winzigkeit essen. Das genügt meist schon, um euch unwohl zu fühlen, und schließlich, nach einer gewissen Zeit, braucht ihr es einfach nicht mehr«, sagte sie. Sie streifte mit der rechten Hand durch ihr Haar und legte das linke Ohr frei.

Ja, Hellblau, das Gefühl, nicht mehr essen zu müssen, habe ich schon seit ein paar Monaten. Es könnte wirklich hinhauen und vielleicht esse ich ja wirklich ab und zu einfach so zum Spaß. Auf jeden Fall möchte ich das aber ein halbes Jahr durchziehen, um sicher zu sein, dass es auch funktioniert.

Hey, Hellblau, das ist ja schon Überlingen. Gleich sind wir in Radolfzell, wo mein Schatz auf uns wartet. In den letzten drei Tagen habe ich mich erstaunlich schnell an ihre

Abwesenheit gewöhnt. Ich freue mich auf unser Wiedersehen, aber so richtig vermisse ich sie nicht. Doch das liegt
wahrscheinlich daran, weil ich weiß, dass wir uns gleich
sehen werden.

Also, mein lieber Leuchtturm Hellblau, ich mache dann
mal Schluss, habe mich ja während der ganzen Zugfahrt
mit dir verquatscht und um mich herum so gut wie nichts
mitbekommen. Einmal werde ich mich noch bei dir melden, bevor sich unsere Wege für immer trennen. Bis dahin
mach's gut, mein lieber Reisegefährte, und erhole dich gut
von mir. Grins. Ich melde mich wieder.

Zum letzten Mal

Guten Morgen, mein lieber Leuchtturm Hellblau. Hier bin ich wieder. Es tut mir leid, dass ich mich jetzt erst wieder melde, aber ich war einfach nicht in der Verfassung, mich gebührend mit dir zu unterhalten. Wobei Unterhaltung hier nicht der Begriff in optima forma ist. Sie geht ja von mir aus und du hörst nur geduldig zu. Aber das soll jetzt kein Vorwurf sein, mein Lieber, ich weiß ja, dass Leuchttürme nicht sprechen können, und deine Berufung ist sowieso eine ganz andere. Ich bin mir aber ziemlich sicher, dass du mich verstehst und unsere Unterhaltung – oder wie auch immer – zu schätzen weißt und vielleicht sogar vermisst hast. Ja wir kommunizieren auf einer anderen Ebene miteinander. Ich spüre eher, was du mir sagen möchtest. So als ob ein Teil von mir, ein mir nicht so bekannter Teil, sich mit einem mir näher stehenden Teil unterhält. Ja, es fühlt sich wirklich so an, als ob sich zwei verschiedene Aspekte meines Charakters unterhalten. Ein schweigsamer und ein gesprächiger. Das mag sich ein bisschen verrückt anhören, so als ob es dich gar nicht gäbe, Hellblau, aber keine Angst, ich sehe dich ja vor mir. Dennoch würde man nicht lügen, behauptete man, dass es dich nicht gäbe, dass ich dich einfach erfunden hätte. Aber wer könnte das mit Sicherheit von sich geben? Nicht einmal ich, von dem du ja quasi ein Teil bist und doch etwas völlig Separates, könnte das. Oder wahrscheinlich gerade ich nicht. Also, wer seinen Gedanken in solchen Dingen glaubt, der steht nicht gerade im Lichte.

Letztendlich spielt es aber keine großartige Rolle, Hellblau, ob du nun ein Teil von mir bist oder nicht. Entscheidend ist deine Berufung und Traumfiguren sind wir doch alle. Hab also keine Angst, wenn ich so wirres Zeug rede. Dennoch möchte ich ehrlich zu dir sein, mein teurer Freund, der du mich vor genau dreiunddreißig Tagen auf der Reise zu einem – ja, man könnte fast schon sagen – neuen Lebensabschnitt begleitet und dir meine Eindrücke angehört und einverleibt hast. Sei gewiss, dass ich das sehr zu schätzen weiß. Nur … Wie soll ich es sagen? Ich bringe es fast nicht übers Herz. Ich werde den Kontakt zu dir abbrechen müssen, mein Freund. Für immer und ewig. Heute ist es das letzte Mal, dass wir uns auf unsere vertraute und eigene Art unterhalten werden. Es lässt sich schwer erklären. Ich mache mir Sorgen, dass ich nicht mehr zurückfinden würde, in den mir so vertrauten, gewohnten Traum, würde ich die Verbindung nicht kappen. So schwer es mir fällt, mein Lieber – und glaube mir, das tut es –, bleibt mir offenbar keine Wahl, wenn ich nicht bis an meinen Exitus zweigleisig fahren oder womöglich sogar gänzlich in deinen Traum versinken möchte.

Ja, es war nur eine kurze Zeit, ein paar Tage nur, die wir miteinander hatten. In der sich unsere Träume verbanden, sozusagen einen Pas de deux der Träume träumten. Ich fand es schön, dich an meiner Seite zu haben. Auch wenn mich unsere Unterhaltungen teilweise schlauchten. Wir könnten auch immerfort so weiterträumen, mein Freund, aber es wäre wie gesagt auch mit einem großen Risiko verbunden, auf das ich mich einfach nicht einlassen kann. Und zudem auch nicht mehr echt, nicht mehr lebendig. Das war es nur für die paar Tage. Ja, es fühlt sich nicht gut an. Es scheint einfach nicht so vorgesehen zu sein. Und die kleine Welt hier genügt mir. Meine Wohnung, der Balkon mit dem schönen Ausblick, meine Freundin, die schöne Landschaft um mich, Hellblau, all das genügt mir. Ich brauche nicht die große Welt. Ab und zu ein bisschen träumen, den inneren Erscheinungen eine Zeit lang folgen, genügt mir völlig. Und mal ehrlich, so viel anders ist die innere Welt auch nicht. Sie wirkt doch genauso echt wie diese hier. Klar, es kommt schon ein wenig auf die Vorstellungskraft an.

Hab ich dir heute eigentlich schon gesagt, wie gut du immer noch duftest? Ich glaube nicht. Dieses Parfüm werde ich auf ewig mit dir in Verbindung bringen. Sobald ich anfange, mich mit dir zu unterhalten, dringt es mir in die Nase. Der anfängliche Modergeruch ist dir gänzlich abhandengekommen. Hätte ich nicht gedacht.

Na gut, mein Freund, bevor wir uns trennen, möchte ich dir aber noch von der Abreise und den dreiunddreißig Tagen danach erzählen. Also, Hellbau, lass mich mal kurz zurückblicken.

Nachdem sie uns gesagt hatte, was wir essen durften und was wir unbedingt vermeiden sollten, und nachdem sie noch einmal betont hatte, dass wir aus der Selbstnahrung nicht heraustreten könnten, solange wir davon nicht zu viel zu uns nehmen und somit kein Milieu für Parasiten schaffen würden, stand sie auf, sagte, dass wir nun selbst ermächtigt wären und niemanden mehr bräuchten. Alles, was wir wissen müssten, sei gesagt. Dann ging sie mit gesenktem Kopf an uns vorbei zu den Domitilla-Nonnen, die abermals die mächtigen Holzflügeltüren öffneten, und verschwand. Die Flügel waren dreimal so groß wie sie. Es sah aus, als ob sie mit ihrem weißen Kleid durch das Himmelstor ginge. Immer kleiner wurde sie in der Weite des Korridors, während die Nonnen die Flügel wieder vereinten, bis sie nur noch durch einen Schlitz und dann gar nicht mehr zu sehen war. Wir starrten verdutzt zu Franz von der Alm, der seine unterwürfige Haltung aufgab und stolz vor uns stand.

»Das war's, hmhmhm«, sagte er. »Vertraut auf eure innere Stimme und geht liebevoll mit euch um, hmhmhm. Bitte holt euer Gepäck, ich werde euch wieder zum Bahnhof fahren. Wir treffen uns in fünfzehn Minuten am Haupteingang. Seid bitte pünktlich. Bis gleich. Hmhmhm.«

Er grinste herzlich, aber etwas naiv und verließ den Saal, den die Domitillas ein letztes Mal für uns öffneten. Sie warteten wie üblich rechts und links im Türrahmen, doch es wollte keine richtige Aufbruchstimmung aufkommen. Niemand stand auf. Es schwebte eine Stimmung im Saal wie: Das kann doch nicht alles gewesen sein. Irgendetwas fehlte noch und wenn es nur ein »Tschüss, macht's gut und viel Erfolg« gewesen wäre. Aber dem war nicht so. Sie sind verschwunden und die weiße Horde sah aus, als hätte man sie mitten in der Sahara ausgesetzt.

Keiner mehr da, der einem den Weg weist. Keiner mehr da, der Fragen beantwortet. Keiner mehr da, der bei Schwierigkeiten die Lösung hat. Von nun an war jeder auf sich gestellt. Ich sah mich ein letztes Mal im Saal um und blickte hinaus zum Waldrand. Den Garten konnte ich nicht sehen. Ich sog alles tief in mich auf. Die Schönheit und Qualität. Quasi als Wegzehrung. Dann, nach etwa fünf Minuten – die anderen schauten noch auf den Boden vor sich oder verdreht in die Luft –, stand ich als Erster auf und ging nach vorne, an dem Flipchart vorbei zu den Verandatüren und betrachtete ein letztes Mal den bezaubernden Garten. Wieder lag die Katze seelenruhig zusammengerollt auf der Bank. Meine Glieder schmerzten vom langen Sitzen. Ich streckte mich, wie es vermutlich die Katze nach ihrem Schläfchen auch machen würde. Stundenlang könnte ich hier in einer Hollywoodschaukel schwingen und in den Garten schauen. Aber für mich war hier Endstation. Hätte ich nur ein paar Milliönchen, ich würde das Anwesen kaufen, wenn es denn zu kaufen wäre.

Ohne noch einmal zu den Teilnehmern zu schauen, schulterte ich meinen Rucksack, verließ, vorbei an den Domitilla-Nonnen, den Saal und ging den langen Korridor entlang, immer einen Fuß auf eine Fliese, schwarz, weiß, schwarz, weiß, zum Haupteingang und trat in den Hof. Franz von der Alm wartete schon naiv grinsend mit geöffneter Türe bei seinem Kleinbus. Als wir vollzählig waren, fuhr er uns zum Bahnhof. Wieder konnten wir nicht sehen, wo wir entlangfuhren. Es roch widerlich nach säuerlichem Mundgeruch. Mir fiel auf, dass ich nirgends hinspaziert war, wo ich die Gegend festmachen konnte. Es war mir einfach nicht in den Sinn gekommen. Jetzt war es zu spät. Ich würde nie wieder den Weg dorthin finden. Würde ich im Lotto gewinnen, und dazu müsste ich erst spielen, könnte ich das Kloster nicht einmal kaufen, sofern man ein Kloster überhaupt kaufen kann.

Am Bahnhof öffnete er die Schiebetür und verabschiedete jeden Einzelnen:

»Bis gleich, hmhmhm.« Zusammengekniffene Augen und rätselnde Gesichtsausdrücke trafen uns, als wir ausstiegen. Als alle draußen waren, fuhr er davon. Ich blickte ihm hinterher, um zu sehen, wohin er fuhr. Aber nach hundert Metern verschwand er schon in der Kurve. Jeder ging seiner Wege. Die weiße Horde mischte sich unter die Reisenden, deren Menge anfangs noch einem weißen Dalmatiner glich, aber ziemlich schnell wieder zu einem Nachtfalter wechselte. Ja, und wie du weißt, setzte ich mich dann in die Wartehalle und unterhielt mich mit dir. Ich fühlte mich von den Menschen um mich wie abgeschottet oder vielleicht auch einfach nur abwesend. Das Rundherum war mir egal, der Fokus verengt, die Wahrnehmung hielt an nichts fest. Ich bekam zwar noch alles mit, aber es drang nicht mehr an mich heran.

So saß ich auch im Auto, während meine Freundin uns nach Hause fuhr. Sie hatte viel zu erzählen, war, glaube ich, sogar ein bisschen aufgedreht. Ich meinte, sie freue sich über unser Wiedersehen. Ich konnte sie nur friedlich ansehen und dachte damals, dass sie mich bestimmt gleich fragen werde, warum ich denn nichts sage. Aber sie fragte nicht. Sie redete einfach wie ein aufgedrehter Teddybär weiter. Es nervte mich keineswegs. Das war schön. Es war einfach perfekt. Es war ein Zustand, den die Hübsche als Seelenraum bezeichnen würde.

Als wir dann zu Hause waren, fühlte ich mich fremd. So als ob das alles nicht zu mir gehörte, als ob meine Freundin und ich uns getrennt hätten und ich kurz auf einen Kaffee vorbeigekommen wäre. Ich war irgendwie der Welt entrissen. Auch jetzt noch, nur nicht mehr so extrem wie damals. Das konnte nicht durch die drei Tage Abwesenheit entstanden sein, Hellblau. Nach drei Tagen ist einem das Zuhause doch noch nicht fremd geworden, oder? Nach drei Wochen vielleicht oder manch einem schon nach zwei, aber doch nicht nach drei Tagen. Ein seltsames Gefühl, sag ich dir. Dass etwas so Vertrautes einem so schnell fremd werden kann. Ich traute mich zunächst nicht einmal, die Dusche zu benutzen oder irgendetwas zu machen, sondern lag zugedeckt auf der Ledercouch. Das schwarze Leder war mir unangenehm und als mein Schatz den Fernseher anknipste, hielt ich es schier nicht mehr aus. In meinem ganzen Körper kribbelte es und ich musste nach ungefähr zehn Minuten aufstehen. Ich sagte, dass mich der heutige Tag geschlaucht hätte und ich mich ins Bett legen würde. Die Enttäuschung stand ihr ins Gesicht geschrieben. Verständlich, oder, Hellblau? Da sieht man sich nach drei Tagen vollkommener Abstinenz wieder, und was macht er? Er redet kaum ein Wort, verlässt nach einer halben Stunde das Zimmer und schläft. Wer will ihr hier die Skepsis übel nehmen?

Nach und nach, ohne dass ich es bemerkte, wurde mir die Wohnung aber wieder vertraut. Nur manche Sachen, wie meine Teeschublade, der Hochleistungsmixer, Entsafter, Dehydrierer oder das Regal mit den Rohkostlebensmitteln, ja eigentlich die komplette Küche – bis auf den Wasserhahn –, blieben von mir unbenützt und fremd. Sie standen da einfach herum, wie ein Baum am Straßenrand. Ich war ja leidenschaftlicher Teetrinker. Aber guter Tee musste es sein. Nicht irgendein schön verpackter Verschnitt von einer Kette, die in jeder größeren Stadt ihr Geschäft hat. Flugtees, Darjeeling der Qualität von SFTGFOP, oder Senchas, zum Beispiel, ein handgepflückter Bio-Spitzen-Sencha aus dem Top-Terroir Makizono in Kagoshima, der südlichsten Präfektur Japans. Seltene Saatsorte Saemidori mit sehr viel umami und höchster Eleganz. Natürlich immer im Kännchen und mit genug Zeit. Ja, das war mein Ding, Hellblau. Obwohl ich nach Fukushima etwas verhaltener Grüntee genoss. Das Unglück geisterte bei jeder Tasse irgendwie im Hinterkopf mit. Kräutertees trank ich selten. Seit mein Zahnarzt einmal leicht verächtlich meinte, Kamille, Pfefferminze und Früchtetees seien kein Tee, sondern eine Infusion, trinke ich diese Sorten kaum mehr.

Seither trinke ich richtigen Tee. Nur jetzt leider nicht mehr. Ich traue mich gar nicht, die Teeschublade zu öffnen, um einfach nur einen Blick darauf zu werfen. Ich befürchte, ich würde einknicken. Und man muss sich auch nicht unbedingt quälen. Reicht doch schon, dass ich ihn zu den gewohnten Zeiten vermisse. Ja, das ist eines der Dinge, die ich sehr vermisse, Hellblau: in der Stadt einen Tee trinken zu gehen. Aaah, das fehlt mir. Anstatt eines

Tees habe ich mal ein Wasser bestellt, aber das ist einfach nicht dasselbe. Mache ich nicht mehr. Dasitzen mit einem Glas Wasser. Was nicht heißen soll, dass ich Wasser nicht schätze, nur manchmal braucht es eine Abwechslung. Deshalb gehe ich so gut wie nicht mehr in die Stadt, was meinen Seelenraum traurig stimmt, Hellblau.

Spaß beiseite. Ohne Essen, ohne Genussmittel, da liegt die Stimmung schon ein wenig im Keller, was ich mir auch von vornherein dachte. Schließlich aß ich so gut wie nie des Hungers wegen, sondern aus einer Emotion heraus. Und da sind Langeweile und Frust die, die mich am stärksten zum Essen drängen. Die Langeweile und den Frust mit dem Essen verdrängen! Aber irgendetwas wird immer von dem Nächsten verdrängt. So ist es nun mal. Nichts bleibt, wie es ist. Oh, schöne Zweideutigkeit, Hellblau.

Aber ich bin schon ein Genussmensch, und wenn ich meine Nachbarn um drei Uhr nachmittags bei Kaffee und Kuchen unter der Markise sitzen sehe und das Besteck auf dem Porzellan klingen höre, dann drängt sich mir schon der Gedanke auf: Warum machst du denn den Scheiß? Natürlich ist mir bewusst, dass niemand etwas tun kann, dass die Dinge eben sind, wie sie sind, aber trotzdem tauchen solche Gedanken eben mal auf. Meistens ändert sich dann auch etwas. Aber mein Grundcharakter wird vermutlich immer so bleiben. Ich kann immer nur ganz oder gar nicht. Ganz rechts oder ganz links. Alkohol bis zum Filmriss oder Abstinenz. Essen bis zum Unwohlsein und dann wieder Fasten. Nie finde ich die Mitte. Ach Hellblau, langsam sehne ich mich nach der Mitte. Einfach in der Mitte schwimmen. Aber bisher ist es mir nie gelungen, immer muss ich es übertreiben. Aber oftmals, wenn man von etwas die Schnauze derart voll hat, ändert sich etwas. Doch wenn du auf den Verstand hörst, Hellblau, dann bist du verloren, denn der wird nie zufrieden sein. Wenn ich es mir recht überlege, tritt dieses Muster nur bei Konsumgütern auf. Nicht beim Sex, nicht beim Arbeiten, nirgendwo sonst fällt es mir auf, dieses radikale Hin-und-Her-Schwingen, wie das Pendel der großen Standuhr im Kloster. Von ganz rechts über die Mitte, weil es eben nur über die Mitte geht, nach ganz links. Hin und her. So fühlt es sich an. Klar, der Anstoß, den Schwung, die Energie, die hinter dem Muster steht, ist natürlich die Liebe, und manchmal, wenn sie sich an etwas satt geliebt hat, liebt sie es, das Sattgeliebte nicht mehr zu lieben. Hat sie von etwas genug, sucht sie sich etwas Neues. Die Liebe liebt eben immer etwas anderes. Sie hat immer Hunger, nie ist sie satt. Sie muss einfach lieben. Die Natur der Liebe ist es zu lieben.

Vielleicht ist es nun wirklich an der Zeit, etwas anderes zu lieben. Das Essen erfüllt mich nicht mehr, es hängt mir am Rockzipfel wie eine leidige Gewohnheit. Klar, erfüllend, befriedigend, stillend oder sättigend wird das Neue natürlich auch nicht lange sein, dessen bin ich mir schon bewusst, Hellblau. Doch wie gesagt: Die Liebe muss einfach etwas lieben, das ist ihre Natur. Und mir scheint, dass das Uhrenpendel schon über den Zenit geschwungen ist; nur so ein Gefühl.

Was mache ich denn gerne? Woran könnte ich Spaß haben? Hätte ich eine Beschäftigung, die mir Freude bereitet, würde ich ja auch nicht aus Langeweile, aus Frust und auch nicht aus Belohnung essen, denn für was sollte ich mich belohnen? Für etwas, das ich gerne getan habe?

Nur was? Ich habe mir darüber schon einige Male Gedanken gemacht, aber keine brauchbare Idee wollte mir kommen. Alles wurde als uninteressant verworfen.

Ich liege gerne auf meinem Liegestuhl, döse ein wenig oder lese, und wenn mir zu langweilig wird und ich den Drang verspüre, etwas tun zu müssen, dann esse ich etwas, koche was oder es gibt Tee und Kuchen, je nachdem, wie ich mich gerade ernähre. Dann lege ich mich wieder zufrieden auf meinen Liegestuhl und bin wieder offen für das Faulenzen, oder ich besuche jemanden für ein, zwei Stunden. Manchmal schreibe ich auch oder bepflanze die Balkonkästen mit neuen Blumen. Abends, wenn mein Schatz dann von der Arbeit nach Hause kommt, essen wir eine Kleinigkeit und gelegentlich spazieren wir noch im nahe gelegenen Weinberg, bis es dämmert.

Das, Hellblau, das empfinde ich als angenehm. Aber das ändert nichts an meinem Essverhalten. Ich habe echt keine Lösung für diese Sache. Und die Selbstnahrung, so wie es die Hübsche lehrte mit ihrem Im-Seelenraum-Verweilen kann ich nicht vertreten. Es ist mir unmöglich, dies mit meiner Denkweise zu vereinen. Es mag bei ihr funktionieren, aber bestimmt nicht wegen ihrer Bemühungen, sondern trotzdem. Es ist somit bei mir nicht der Alte-Muster-Killer. Mit meinem Problem »Essen aus Gewohnheit« bin ich also keinen Schritt weiter gekommen. Körperlich fühle ich mich so schwach, dass ich beschlossen habe, morgen, nach vierunddreißig Tagen, wieder zu essen. By the way, Hellblau, Jesus starb offenbar mit dreiunddreißig.

Ich dachte, den Rat der Hübschen in diesem Fall zu beherzigen. Abends eine Kleinigkeit zu mir zu nehmen und weg von der Rohkost. Ob das gut geht? Das mache ich aber nur, weil der Körper so schwach ist, nicht wegen des Geistes, der einknickt. Jede Bewegung strengt mich an. Selbst das Aufstehen von der Couch. Irgendetwas lähmt meine Glieder derart, dass ich es kaum die zwei Stockwerke in unsere Wohnung schaffe. Das Ziehen im Solarplexus ist geheilt. Darüber erzähle ich dir gleich mein Freund, das war vielleicht was.

Ich vermute, dass der Körper ziemlich stark entgiftet. Ich glaube, das ist zu viel für ihn auf einmal, deshalb stoppe ich die Entgiftung, indem ich wieder esse. Wenn es sich dann etwas gebessert hat, esse ich wieder eine halbe Woche nichts. Vielleicht gelingt es mir ja. Daran könnte ich mich gewöhnen. Ein bisschen Genießen und dann wieder eine Pause, damit sich keine Parasiten bilden können. Diese Essensweise würde auch zu mir passen. Es ist zwar immer noch eine extreme Art und von einer Mitte kann man da nicht sprechen, aber es ist eine genießerische Art. Wahrscheinlich werden Genießer von solchen Extremen einfach geplagt, denn wie sollte ein richtiger Genießer etwas genießen können, das er ständig vor der Nase hat? Nein, das geht nicht. Richtig gut schmeckt es nur mit vorherigem Entzug. Genuss ist das Leid des Genießers, nicht der Verzicht. Ich leide, weil ich genieße. Was für ein Scheiß. Aber guter Buchtitel.

Jedenfalls muss ich die Entgiftung stoppen. Ich schaffe ja gerade mal zehn Stufen, bis ich völlig außer Atem eine Pause einlegen muss. Es fühlt sich auch so an, als hätte ich viel zu viel Wasser im Darm. Wenn ich meinen Bauch schnell rein und raus bewege, spüre und höre ich ein Blubbern wie in einem Ölfass, weswegen ich auch nicht mehr viel trinke. Vielleicht ein, bis eineinhalb Liter. An einem Tag hatte ich sogar mal nichts getrunken. Also überhaupt nichts zu mir genommen. Du kannst dir nicht vorstellen, Hellblau, wie gelb mein Urin war. Deshalb trinke ich lieber etwas, auch wenn mir nicht danach ist.

Man sollte nicht glauben, wie viel Zeit man für das Essen und Trinken benötigt. Sie hinterließ eine meerestiefe Leere in meinem Tag, die ich mit allem Möglichem versuche zu füllen, beispielsweise mit dem Schreiben. Doch es fällt mir zunehmend schwerer, mich auf etwas zu konzentrieren, und beim Schreiben, wenn ich mich dazu aufraffen kann, mache ich viele Fehler, die ich dann beim Wiederlesen bemerke.

Ich möchte nicht allzu melancholisch werden, lieber Hellblau. Es ist nicht meine Art zu jammern. Lieber erzähle ich dir von dem Traum mit der Hübschen. Ja, vor zwei Tagen ist sie mir im Traum erschienen, sie und Franz von der Alm. Wir befanden uns in dem Zimmer, in dem ich im Kloster genächtigt habe. In dem Zimmer Nummer acht, als sie an der Stelle das Zimmer betraten, an der sich dieses Fenster befand, das dort hätte gar nicht sein dürfen. Sie kamen dort einfach durch Wand und Fenster, als ob diese nur aus Wolken bestünden. Ich lag gekrümmt auf dem Bett und hielt mir mit den Händen den Bauch. Plötzlich sah ich, wie sie Stück für Stück eindrangen, durch Wand und Fenster, als wären sie gar nicht existent. Ich blinzelte ein paar Mal, um mich zu vergewissern, dass dies tatsächlich geschah. Ich dachte, dass ich halluziniere, dass mir vielleicht Vitamine oder Mineralien fehlten, irgendwelche für das Gehirn wichtige Substanzen. Doch sie kamen immer näher.

Beide trugen sie wie gewohnt weiße Kleidung. Sie führte ihn locker an einem hundeleineähnlichen weißen Schal. Er krabbelte auf allen vieren herein. Ich musste meinen Kopf heben und über den Bettrand schauen, sonst hätte ich ihn gar nicht gesehen. Sein Bart war noch dichter als sonst, sodass sein Mund vollständig darin verschwand. Der Schnauzer hatte die gleiche Länge wie der Rest des schaffelldichten Bartes, von seiner Mimik drang nichts nach außen durch, noch weniger als eh schon. Lediglich an den Augen ließ sich sein Gemütszustand ablesen. Sie waren zornig zusammengekniffen. Von der naiven Liebenswürdigkeit war nichts mehr zu sehen.

Wusste ich es doch, dass mit dem Fenster etwas nicht stimmen konnte oder sogar mit der ganzen Wand, dachte ich im Traum. Als ob das Fenster Augen wären, mit dem das Bewusstsein durch meine Augen um die Ecke schauen konnte. Wie ein Blick um die Ecke mit einem Spiegel. Ach, Blödsinn.

Und als ob die Hübsche in Weiß meine Gedanken lesen konnte, sagte sie: »Nichts ist so, wie es scheint in der Matrix.« Wie dann?, fragte ich mich.

Schlaumeierisch lächelnd ging sie mit Franz von der Alm, dessen Bart zwischen seinen Händen am Boden streifte, an das Waschbecken und warf den Schal lässig wie ein Cowboy in einem Western um den Siphon und band ihn dort fest. Er setzte sich aufrecht auf die Waden und schaute zur Hübschen hoch: Wie ein Hund, der treuherzig vor der Metzgerei auf sein Frauchen wartet. Fehlte nur noch der Schwanz, der unten am Boden hin und her wedelte.

Dann kam sie auf mich zu. Ich drehte mich zu ihr auf die andere Seite. Mein Bauchweh war mit einem Mal verschwunden. So plötzlich wie ich verschwände, wenn ich erfahren würde, dass der Krieg um die Ecke käme.

Sie beugte sich zu mir herab, bis ihre Haarspitzen mein Gesicht kitzelten. Dann strich sie mit ihrer Hand meine Wange und steckte ihren Zeigefinger zwischen meine Lippen. Sie hatte sehr zarte Haut ohne Makel. Ich sog daran wie an einem Lutscher.

»Ich werde mit deinem Einverständnis deinen Solarplexus heilen.«

Ich war fest davon überzeugt, dass sie das konnte. Ich wusste: Das hat sie drauf. Das können manche Menschen einfach. Zumal es mir ja alleine durch ihre Anwesenheit schon gut ging.

Sie sagte: »Das geht aber nicht so einfach, wie du es dir vorstellen magst.« Sie sah mir in die Augen, zog ihren Finger zurück und wölbte dabei meine Unterlippe nach außen. Mein Penis war im Traum erigiert. Wahrscheinlich nicht nur im Traum. In zwei Welten zeitgleich einen Ständer, Hellblau. Hoho.

Sie sagte weiter: »Bei den oberen Chakren könnte ich dies allein durch die Kraft meiner Gedanken, was sehr einfach für die betroffene Person ist. Da es sich beim Solarplexus aber um eines der drei unteren Chakren handelt, eines der Niederschwingenden, muss dies durch einen Flüssigkeitsaustausch vonstattengehen. Dazu müssen wir uns vereinen. Sprich: Indem sich unser Sperma vermischt, bekommst du über das morphogenetische Feld die Information meines Solarplexus. Das ist alles noch wie im Mittelalter. Ich hoffe, dass die geistige Welt in absehbarer Zeit eine andere Methode hierfür findet.«

Wegen mir konnte die geistige Welt damit noch warten, Hellblau. Sie sah mit ihren großen Augen erregt auf mich herunter. Die hat doch sicherlich auch Lust, das Angenehme mit dem Nützlichen zu verbinden, dachte ich.

»Unsere Vereinigung wäre rein auf sozusagen ... heilerischer Basis. Über sexuelle Begierde bin ich längst hinweg, falls du dich diesbezüglich sorgst«, sagte sie, als ob sie meine Gedanken lesen konnte. Sie schmunzelte dabei erotisch und ich wusste sofort, dass sie log. Freudig stimmte ich dem Akt der Heilung zu, Hellblau. Ganz im Sinne der Heilung natürlich, ist doch klar.

Sie richtete sich vor meinem Bett auf und legte ihr brünettes Haar über die linke Schulter nach vorne auf die Brust. Dann verbog sie ihre Hände hinter dem Rücken, um dort den Reißverschluss ihres langen weißen Kleides zu öffnen. Dabei sah sie wie so oft mit gekünsteltem Lächeln vor sich auf den Boden. Als ihre Hände über dem Po angelangt waren, beugte sie sich kaum merklich nach vorne, sodass ihr das Kleid in einem Zug herabglitt und auf ihren Füßen lag. Ich traute meinen Augen nicht, Hellblau. So etwas hast du noch nicht gesehen. Nein, ganz bestimmt nicht. So etwas hatte bestimmt noch nie jemand gesehen, außer vielleicht Franz von der Alm. Aber es fühlte sich so an, als ob ich der erste Mensch auf der Welt war, der dies sehen durfte. An der Stelle, wo normalerweise der Bauchnabel ist, bis hoch an ihre Brust, also so zwanzig Zentimeter, hatte sie ein Loch. Ja, Hellblau. Ein Loch durch ihren Körper durch. Ich konnte durch ihren Bauch sehen, wie Franz von der Alm mich mit zusammengekniffenen Augen taxierte. Schon als ihr Kleid fiel, hörte ich ihn wie einen Hund erbost knurren. Wenn sie jetzt zu mir ins Bett steigt, dachte ich, wird er sich losreißen und mir an die Kehle springen. In mir war ein Gefühlschaos von Angst, Erregung und Erstaunen. Ich hatte das Gefühl, mein Penis wusste nicht, wie er sich verhalten sollte. Ich spürte ihn halb steif auf meinem Schenkel zucken. Das Loch strahlte auf mich eine Leichtigkeit in der Magengegend aus. Sauber und aufgeräumt, aber nicht zum Anfassen. Die Brüste der Hübschen waren nicht besonders. Sie sahen wie die eines Teenagers noch nicht ganz ausgereift aus, und die Brustwarzen standen so breit wie ein Fünf-Mark-Stück geschwollen hervor. Ihr schwarzes Schamhaar jedoch machte mich total an. Ein gepflegter linealbreiter Streifen, schätzungsweise auf die Hälfte gekürzt.

Sie stieg mit dem rechten Knie auf das hohe Bett und warf das linke Bein über mich. Ich fühlte mich wie angebunden auf einer Psychiatriebahre. Nicht, dass ich darauf schon mal lag, Hellblau. Das kennt doch jeder aus dem Fernseher.

Mein Penis steckte in ihr und schaute mit der Eichel in das Bauchloch der Hübschen. In Träumen ist alles immer irgendwie unwirklich. Durch das Loch sah ich im Hintergrund, wie sich der weiße Schal in den Hals von Franz von der Alm schnitt. Er drohte jede Sekunde den Siphon aus der Wand zu reißen. Meine Halsschlagadern pumpten und auch meine Eichel. Sie fing an, ruhig auf mir zu reiten. Trotz Angst blieb meine Erektion standhaft. Dann hatte er es geschafft. Der Hund von der Hübschen hatte die Sanitäranlage aus der Wand gerissen und kam wie ein wildes Tier mit zwei Sprüngen auf mich zu. Meine Hände gingen in Abwehrhaltung. Ich konnte nicht mehr zwischen Ejakulation und Urinieren unterscheiden, weswegen ich es mit aller Kraft unterdrückte. Als die Hübsche ihn bemerkte, drehte sie blitzschnell den Kopf in seine Richtung, woraufhin er, wie vom Strom erwischt, zu Boden fiel und vor Schmerzen wimmerte. Mit eingezogenem Hals tapste er zurück unter das Waschbecken. Das beeindruckte mich und ich fühlte mich sicher unter ihr. Sie drehte sich wieder zu mir. Nicht ein Hauch von Bedauern konnte ich in ihrem Gesicht erkennen. Im Gegenteil. Ich hörte den Atem in ihrem Hals und immer wieder biss sie sich auf die Unterlippe. Gleichbleibend monoton bewegte sie ihre Hüfte vor und zurück. Dabei sah ich meine Eichel in ihrem Bauchloch erscheinen und wieder verschwinden. Das Wimmern von Franz von der Alm ging in herzzerreißendes Jaulen über, was die Hübsche nicht im Geringsten zu kümmern schien. Ich hatte das Gefühl, das ihr der Akt der Heilung dann doch etwas mehr gefiel, als sie anfangs behauptete. Aber dann verzog sie wieder keine Miene. Zwischendurch hatte ich das Gefühl, es wäre ihr eine leidige Aufgabe, wie das Bügeln von Unterhosen. Und auch wenn sie mich kein einziges Mal dabei ansah, konnte ich ihre Wollust spüren.

Immer wenn sie bemerkte, dass sie sich gehen ließ, sich auf die Lippen biss und leicht stöhnte, setzte sie sofort wieder ihren gelangweilten Gesichtsausdruck auf. Mich törnte beides an, Hellblau. Ihre Ungerührtheit wie auch ihre Wollust.

Während der ganzen Zeit traute ich mich nicht, sie zu berühren. Ich lag quasi wie ein stümpernder Anfänger unter ihr. So temperamentvoll wie ein Stück Brett mit einem Ast. Ich verspürte, dass ich gleich ejakulieren würde, und blickte in das Bauchloch. Ich war nun in einem Zustand, indem ich gewahrte, im Bett des Klosters zu liegen wie auch hier bei mir zu Hause im Bett neben meiner Freundin. Ein völlig losgelöster Zustand. In beiden Betten nahm ich wahr, wie mein Penis pumpte, und in beiden Filmen – Traum und Realität erweckten beide diesen Eindruck – kam nichts. Ich griff in meine Hose: alles trocken. Und im Bauchloch der Hübschen konnte ich auch nichts sehen. Ein leerer Orgasmus sozusagen. Wo nichts kommt, kann auch nichts werden.

Ich bemerkte, wie mir am Rücken zwischen meinen Schultern, Rauch herausblies, genau in die Richtung meiner Freundin. Ich drehte mich zu ihr. Sie schlief entspannt und fest. Es roch nach guten Räucherstäbchen und erzeugte keinerlei Sorgen, eher empfand ich es als spannend und aufregend. Drei Mal blies es nicht gerade leise dort hinten aus mir heraus. Ich sage jetzt im Nachhinein »mir«, aber zu dem damaligen Zeitpunkt war ich völlig außerhalb dieser beiden Szenen.

Das Gewahren dieser beiden Filme wurde wieder schwächer und ich driftete in den Tiefschlaf.

Völlig abgefahrener Traum. Bis heute weiß ich noch genau, wie sich alles abspielte. Und seit dem Zustand, in dem ich den Traum und die Realität wie zwei nebeneinander laufende Filme beobachten konnte, wirkt alles nur noch stärker wie ein Film: Traum und Realität haben die gleiche Substanz. Es war mir vorher auch schon logisch klar, dass das, was wir Leben nennen, nicht echt sein kann, Hellblau. Doch jetzt ist es so klar, wie ein weißes Blatt Papier weiß ist. Leben ist von seiner Beschaffenheit her nichts anderes als ein Traum. Und trotzdem kümmere ich mich noch um alles. Man könnte zwar auch sagen: Der Traum – oder was auch immer – läuft einfach ab, denn wer sollte sich kümmern? Selbst die moderne Hirnforschung ist sich mittlerweile darüber im Klaren, dass es kein »ich« gibt. Aber ich sage lieber: Ich kümmere mich. Weil es sich ja auch so anfühlt.

Seit dem Traum ist das Ziehen in der Gegend des Solarplexus verschwunden. Ein für alle Mal. Ich habe das bis jetzt noch keinem erzählt, Hellblau, und vermutlich wird es unser offenes Geheimnis bleiben. Außer du nimmst deine Aufgabe ernst. Doch werden sie uns dann glauben? Oder mit zusammengekniffenen Augenbrauen skeptisch mustern und denken: Jetzt hat er völlig den Verstand verloren.

Mir ist es ehrlich gesagt auch schnurzpiepegal, wie das ging. Hatte die Hübsche mich über den Traum von dem Leiden befreit oder konnte mein Verstand dem Traum einfach glauben? Es ist mir Jacke wie Hose, mein Lieber. Ich fühle mich seither supervital, beweglich, ja im wahrsten Sinne des Wortes: durchgeblasen. Ich sagte dir ja schon: Ich kann mir alles vorstellen. Es gibt für mich nichts, was es nicht gibt. Außer es erscheint nicht.

Interessant finde ich, dass die Hübsche sagte, ich bekäme die Information ihres Solarplexus nach dem Austausch unseres Spermas über das morphogenetische Feld. Also, ich will den Teufel jetzt mal nicht an die Wand malen, Hellblau, aber da, wo der Solarplexus sitzt, hatte die Hübsche doch das Loch. Ich habe keinen Spermaaustausch gesehen und hoffe, von so einem Loch verschont zu bleiben. Ich meine: Wozu soll das gut sein? Man könnte meinen, dass wenn man nichts mehr isst, auch keine Verdauungsorgane mehr benötigt werden, und dass beim Wegfall derselben ein Loch entsteht. Aber sie meinte ja, dass die Organe noch für die Zellerneuerung, Verarbeitung von Emotionen und so weiter benötigt werden.

Egal. Mal schauen, Hellblau, was sich ergibt. Vielleicht war das Loch im Bauch aber auch wieder so eine Sinnestäuschung, ein anderer Wahrnehmungswinkel des Bewusstseins durch meine Augen, so wie das Fenster im Kloster. Immerhin sagte sie ja etwas von Flüssigkeitsaustausch, den ich aber nicht gesehen hatte. Aber Franz von der Alm und meine Eichel hab ich gesehen. Also konnte man hindurchsehen. Die Hübsche sagte ja, dass Menschen in der fünften Dimension Dinge wahrnehmen können, die für Normalos nicht ersichtlich sind. Vielleicht sind meine Sinne gerade im Wandel? Von mir aus könnte es so bleiben, wie es ist. Ich brauche so einen Scheiß nicht. Was soll ich damit.

Mir fällt gerade ein, Hellblau, jetzt, wo ich auf meinen Handrücken schaue, dass sich meine Haut schon zum zweiten Mal schält. Der komplette Körper. Überall in der Wohnung, vor allem im Bett, liegen Hautfetzen herum. Furchtbar. Wenn ich mein T-Shirt ausziehe, dann schneit es förmlich um mich herum. Und vor meinem Herzchakra steht ein Brusthaar nach vorne, das dreimal so lang ist wie die anderen und als einziges weiß. Lustig. Es steht einfach so weg und weht herum. Meine Freundin macht sich Sorgen. Sie meint:

»Das ist doch nicht normal, wenn sich die ganze Haut schält. Dem Körper fehlt doch etwas. Verdammt, jetzt iss mal wieder was. Oder willst du dich umbringen?«

Natürlich verstehe ich ihre Sorge, aber es fühlt sich für mich nicht falsch an. Wie gesagt, fange ich mit dem Essen nur wieder an, weil die Entgiftungserscheinungen einfach zu stark sind. Wir werden sehen, wie es weiterläuft.

Nun mein Lieber. Ich spüre, dass die Zeit des Abschieds naht. Ich hoffe, nichts vergessen zu haben. Du bist mir sehr ans Herz gewachsen, mein Leuchtturm Hellblau. Es fällt mir sehr schwer loszulassen. Es muss leider so sein. Kein Weg führt daran vorbei. Es tut mir so unsäglich leid, mein lieber Freund. Ich werde sicher das eine oder andere Mal an unsere gemeinsame Zeit denken. Nur sprechen, uns auf unsere eigene Art unterhalten, werden wir nicht mehr können. Ich muss in diesem Film hier bleiben. Sofern man das behaupten kann. Der Traum ist zu Ende, das Leben gelebt, der Film ist aus, die Geschichte erzählt oder wie auch immer. Nun ist es an der Zeit für etwas Neues. Ende ist Anfang zugleich. Mal sehen, was so alles erscheint. Mach's gut, mein Bester. Ich liebe dich.

Heute ist der 29. Dezember

TURBULENTE BEGEBENHEITEN, DIE NICHT UNGESAGT BLEIBEN DÜRFEN

Hallo, mein lieber Leuchtturm Hellblau. Jetzt bist du sicher erstaunt, von mir zu hören, stimmt's. Ich bin normal keiner, der etwas sagt und dann nicht einhält, aber hin und wieder geschieht es doch. Sagen kann man ja viel, wenn der Tag lang ist. Alles verändert sich halt, da ist es doch völlig normal, wenn man sich gelegentlich widerspricht. Kennst du den Spruch: Wenn du willst, dass Gott etwas zu lachen hat, dann erzähle ihm von deinen Plänen. Ja, kennst du, oder?

Wie auch immer. Ich konnte mich einfach (noch) nicht von dir lösen, warum auch immer. Und dann haben sich die Begebenheiten wieder überschlagen, die einfach nicht ungesagt bleiben dürfen. Das ging so schnell. Es dauerte nur den Bruchteil einer Sekunde. Ich lief an dir vorbei, sah dich fast unbewusst und ich wusste, es ist noch nicht alles gesagt. Diese drastischen Ereignisse gehören einfach noch zu dir.

Achteinhalb Monate sind seit meinem Seminarbesuch in dem Kloster vergangen und gute sieben seit unserer letzten Unterhaltung. Ich bin wieder voll und ganz in den alten Film geglitten. Hier geschieht alles. Ich muss nicht, wie in unserem gemeinsamen Film, alles hervorzaubern oder mich mit Ausdrücken und Formulierungen herumschlagen. Hier gibt eines das Andere. Damals, bei unseren Unterhaltungen, fühlte ich mich oft wie in einem dunklen Tunnel, und als ich dann wieder in der normalen Realität war – ich nenne es jetzt einfach mal so –, fühlte ich mich ebenso in einem Tunnel, nur in einem mit mehr Lichtern, sodass man um sich herum etwas sieht.

Ich will dich auch gar nicht lange auf die Folter spannen, Hellblau. Du erinnerst dich sicherlich noch, dass ich sagte: »Ab morgen werde ich wieder essen.« Das war am dreiunddreißigsten Tag ohne Essen. Die Entgiftungserscheinungen fand ich so stark, dass ich sie mit Essen unterbrechen wollte. Du erinnerst dich? Das habe ich nicht getan. Es ging einfach nicht. Ich saß vor dem gegrillten lauwarmen Toastbrot mit separater Marmelade – es ist schon verrückt, mit so etwas ein Fasten zu brechen, Hellblau, aber die Hübsche sagte es ja so –, doch ich konnte es einfach nicht in den Mund stecken. Nicht ums Verrecken. Ich sah die vierhundertfünfzig Euro Energieausgleich vor mir, die ganze Quälerei, und das sollte ich mit diesem beschissenen Toast wegschmeißen? Zugegeben: Es roch unglaublich lecker, meine Spucke wurde fließfähig. Nein, es ging einfach nicht. Es fühlte sich einfach nicht passend an, weshalb ich es in Zeitungspapier wickelte und in die Biotonne schmiss. Bis zum heutigen Tag habe ich keinen Bissen zu mir ge-

nommen. Nichts, nada, niente, nothing. Das sind jetzt acht
Monate und zweieinhalb Wochen. Verrückt, nicht? Achteinhalb Monate, das ist schon 'ne Latte, finde ich.

Ich würde nicht sagen, dass dadurch das Leben einfacher, angenehmer oder besser geworden ist. Anfangs war
ja eher das Gegenteil der Fall. Denn mit irgendetwas muss
man sich ja beschäftigen. Du brauchst neue Tätigkeiten,
mit denen du dir die nun entstandene freie Zeit vertreibst.
Und von der habe ich eine Menge, das kannst du mir glauben, Hellblau. Denn eine der neuen Veränderungen ist,
dass ich momentan nur noch eine Stunde am Tag schlafe.
So ziemlich genau von zwei bis drei Uhr. Es wurde immer weniger, bis zu der einen Stunde eben. Seit ungefähr
zwei Monaten schlafe ich so. Kannst du dir vorstellen, wie
viel Zeit und ebenso viel Langeweile da aufkommt? Und
das mit meinem Muster: essen aus Langeweile? Ich lief
teilweise in der Wohnung von einem Ende zum anderen,
völlig aufgedreht und zittrig. Ich musste etwas tun. Ich
bin nicht der Mensch, der die ganze Zeit nur herumlie-
gen kann. Und so habe ich angefangen, mehr zu schreiben.
Romane, Kurzgeschichten, kleine Verse und so. Wie mir
gerade danach ist. Natürlich hast du nicht dreiundzwanzig
Stunden Lust zu schreiben. Ich bewege mich viel, gehe oft
spazieren, auch mal eben schnell in die Berge, ich habe ja
Zeit. Ich lese auch mehr als sonst oder schaue fern und
seit Neustem lade ich mir irgendwelche halbwegs interes-
santen Serien herunter. Die beste, die ich seither gesehen
habe, ist Fargo. Wirklich toll gemacht.

Anfangs legte ich mich einfach neben meine Freundin
ins Bett und starrte in die Dunkelheit oder folgte den

Scheinwerferlichtern der wenigen Autos, deren Licht an den Wänden vorbeihuschte. Die Geräusche jedoch, die ein schlafender Mensch von sich gibt, hält niemand lange aus. Ich gerade mal zwei Tage.

Ich habe auch das Reinigen der Wohnung übernommen. Als ich es vor Langeweile einmal wieder nicht aushielt, schnappte ich den Staubsauger und saugte die Wohnung durch. Anschließend wischte ich sie auch noch nass und putzte das ganze Bad. Ich konnte einfach nicht mehr aufhören. Es gefiel mir, wie alles schön sauber wurde. Und seither ist es in meinen Aufgabenbereich gefallen. Früher war das überhaupt nicht mein Ding, aber heute mache ich es gerne. Vor circa einem Monat habe ich mir das neueste Modell gekauft. Im April dieses Jahres ist er auf den Markt gekommen, der Hausgeist. Ein super Teil, Hellblau. Durchdachte Qualität, genau mein Ding. Mit meinem alten, anno 1985, hatte ich den Dreck nur noch vor mir hergeschoben. Der jetzige hat an den Seiten jeweils einen Saugkanal und zwei vorne, sodass der Schmutz nicht mehr vorne weggeschoben wird. Dass da noch niemand vorher draufgekommen ist, ist mir ein Rätsel. Die Hartbodendüse sieht zwar ein wenig aus wie ein Skelettfuß, ist aber höchst effizient. Stößt du beispielsweise damit gegen ein Tischbein, schmiegt sie sich diesem mit dem beweglichen Vorderteil an. Auch den Aufsatz, der saugt und gleichzeitig wischt, benutze ich oft bei leichter Verschmutzung. Ja, mit so etwas kann man arbeiten, Hellblau. Mittlerweile ist mir das Saubermachen der Wohnung genauso lieb wie Lesen oder Spazieren. Das ist zu einem Großteil dem neuen Staubsauger geschuldet.

Das ist schon ein bisschen crazy, findest du nicht? Da hat man auf einmal Zeit und was fängt man damit an? Putzen. Grins.

Also, mein momentaner Tagesablauf sieht meist so aus, Hellblau, dass ich von zwei bis drei schlafe, anschließend bis sechs Uhr schreibe und mich dann für die Arbeit richte. Ich wurde in die Postabteilung auf Normalschicht versetzt, also von sieben bis drei. Dort habe ich das meiste in drei Stunden erledigt, sodass ich die restlichen vier Stunden schreibe. In der Mittagspause vertrete ich mir die Beine. Um kurz nach drei Uhr bin ich zu Hause. Dann lege ich mich für eine Stunde auf die Couch und tue nichts. Hernach praktiziere ich eine Dreiviertelstunde Meridian-Stretching, wo ich im Anschluss auch wieder, meist eine Stunde, auf der Matte liegen bleibe und nichts tue. Anschließend bin ich mit dem Fahrrad, dem Tretroller oder zu Fuß unterwegs, um mich körperlich zu betätigen. Dann ist es meistens auch schon acht. Den Rest der Zeit verbringe ich mit Lesen, Fernsehen, im Internet stöbern oder dergleichen. Samstags putze ich viel und sonntags unternehme ich oft einen Ausflug, gehe in die Sauna oder besuche jemanden. Alles ganz unbedeutende Dinge, die einem so in den Sinn kommen, wenn man zu viel Zeit hat. Gelegentlich fange ich etwas Neues an: Spanischlernen, Drachensteigen, Klettern, Mundharmonika oder ich baue mir neue Möbel. Mittlerweile besitze ich fast nur noch selbst hergestellte Möbelstücke. Aber das sind nur vorübergehende Zeitvertreiber, Lückenfüller im normalen Alltag, um nicht in der Eintönigkeit vor die Hunde zu gehen. Nichts davon bleibt. So viel Zeit habe ich und muss sie mit Belanglosem füllen. Ich weiß, dass mich nichts davon befriedigen kann. Nichts. Oftmals liege ich einfach nur da und starre an die Decke. Oder ich betrachte meine braunen Füße mit den rosa, ja fast schon helllila Zehennägeln, wie sie aus der Jeans unten rauslugen. Sie gefallen mir im Sommer sehr; im Winter finde ich sie hässlich.

Das ist okay. Aber immer kannst du das auch nicht machen. Dann fange ich eben etwas Neues an, bis es mich langweilt, dann fange ich wieder etwas Neues an. Der vermeintliche Vorteil, mehr Zeit zur Verfügung zu haben, hat sich als Nachteil entpuppt. Gerne würde ich einfach nur schlafen.

Hinter allem die Liebe zu sehen und deren Ausweglosigkeit ist wahrscheinlich das Einzige, was mich nicht zur Selbstentleibung beflügelt.

Du fragst dich sicherlich, was mit meiner Freundin ist, nicht wahr, Hellblau? Davon erzähle ich dir später.

Anfangs war es wirklich keine angenehme Zeit. Mein Geruchssinn hat sich so sensibilisiert, dass es ebenfalls als eine eindeutig nachteilige Veränderung bezeichnet werden muss. Wo jemand behauptet, Waschmittel rieche gut, rümpft sich mir die Nase. Wo beim Geruch von gegrilltem Hähnchen den Menschen die Spucke dünner wird, atme ich so kurz als möglich. Wenn bei anderen Parfüm an einer Frau zu Knorpelschwellungen führt, helfen bei mir keine zehn Viagras.

Die meisten natürlichen Düfte hingegen empfinde ich als angenehm bis lieblich. Sie sind dezenter und nicht so aufdringlich. Man könnte sagen, wo Menschen nichts riechen, empfinde ich es als angenehm. Auch kann ich

Angstschweiß von Übersäuerungsschweiß unterscheiden. Ich kann sogar an dem Duft meines Urins und der Ausdünstung meiner Haut herausriechen, wie sich die Menschen, die um mich sind, ernähren. Da war ich anfangs ganz schön verdutzt, als mein Urin nach Kuhmilch roch oder nach Reis. Ich dachte, dass dies vielleicht noch alte Ablagerungen in mir sind. Aber dem war nicht so. Es hat eine Weile gedauert, bis mir auffiel, dass er immer nach dem roch, was damals meine Freundin oder die Arbeitskollegen gegessen hatten.

Ich erkenne sogar die Fleischsorte. Ich rieche ganz deutlich, ob jemand Schwein gegessen hat oder Lamm. Du würdest staunen, Hellblau. Wenn die wüssten.

Offenbar gibt es da keine körperliche Trennung. Ich muss den Scheiß der anderen mitverdauen. Das widert mich so an, dass ich versuche, menschlichen Kontakt weitgehend zu vermeiden. Allein deren Ausdünstung hält mich schon auf Abstand. Vegetarier oder Veganer sind da keine Ausnahme. Auch die meisten Rohköstler stinken wie schwefeliges Vulkangas. Am angenehmsten riechen noch die Frutarier oder Menschen mit einer herzlichen Ausstrahlung.

Ich lebe eigentlich wie ein Einsiedler in der Stadt, der nur nicht in die Berge verschwindet, weil er sich dort sicherlich die Kugel geben würde.

Es gibt natürlich auch Vorteile, die durch das Nichtmehr-Essen entstanden sind. Zum Beispiel diese wohlige Reinheit. Der Körper fühlt sich so sauber und angenehm an wie der Morgentau auf den Gräsern. Die Haut ist so weich, dass ich gelegentlich meinen Arm an die eigene

Wange schmiege oder sie küsse. Sie ist so durchlässig geworden, dass sich mir der Eindruck erschließt: Ich atme ebenso durch die Haut wie durch den Mund. Es kommt mir nicht mehr so vor, dass der Körper an ihr endet, sondern durch die offenen Poren ein Austausch mit einer feinstofflicheren Erscheinungsweise von mir stattfindet. Auch wenn ich sie nicht sehen kann, ist es mir dennoch unmöglich, sie zu leugnen.

Der Übergang zeigt sich durch einen magentafarbenen Schimmer, den anscheinend nur ich wahrnehme. Es kommt mir so vor, als sei es ein Ausdruck dieses sauberen, wohligen Körpers. Er wirkt wie ein Glitzer, der von innen durch die Haut nach außen strahlt.

So wohl sich dieser Körper auch anfühlt, Hellblau, muss ich dennoch sagen, dass ich es in ihm oft schier nicht aushalte. Ja, eine wirklich extreme Form der Ambivalenz. Es fühlt sich dann so an, als wäre ein Teil von mir in ihm eingesperrt. Wie Luft in einem Plastikgefäß, auf das die Sonne scheint, als wartete sie auf die rettende Hand, die den Deckel aufdreht. Es schüttelt mich dann für ein paar Sekunden und mir stehen die Haare zu Berge. Wirklich nicht gerade angenehm.

Drastisch verändert hat sich natürlich mein komplettes Aussehen. Mein Körpergewicht hat sich bei sechsundfünfzig Kilo eingependelt. Nachdem ich zwei Monate nichts gegessen hatte, lag ich bei neunundvierzig, dann stieg es wieder an bis zu eben diesen sechsundfünfzig Kilogramm. Die Hübsche erklärte dies ja damit, dass jede einzelne Zelle ausbluten müsse, um die reine Schwingung der Selbstnahrung aufnehmen zu können. Das sah nicht gesund aus, Hellblau. Ganz und gar nicht. Und ich konnte die Blicke der Menschen lesen. Sie dachten dasselbe wie ich: Der macht es auch nicht mehr lange. Doch was sollte ich tun? Im Nullpunktfeld verweilen oder im Seelenraum? Mir meiner selbst ständig gewahr zu sein ist unmöglich und wäre zudem völlig unökonomisch. Das, was ich bin, bin ich immer und nicht nur, wenn ich daran denke.

Überall kam das Skelett zum Vorschein. Die Knie passten überhaupt nicht mehr zu den Beinchen und die Wangenknochen traten hervor, ja, der ganze Kopf war irgendwie verbeult. Auch den Verlauf jeder noch so kleinen Ader konnte man erkennen, die sich bei Hitze aufblähten wie die Halsschlagader eines Cholerikers. Das ist teilweise auch heute noch so.

Meine Achselhöhlen sind wie ausgeschabte kleine Höhlen, sodass ich mich dort nur noch umständlich rasieren kann. Die Pobacken und die Haut hingen durch den Gewichtsverlust Richtung Erde. Glücklicherweise – und zu meinem Verwunderen – haben die sich aber wieder gestrafft. Ganz von alleine, Hellblau. Als ob der Körper alles Unnötige an sich selbst verspeist. Was für eine Maschine.

Zwischen den Pobacken fühlt es sich so sauber an wie in meinem Gesicht. Ja, kein Quatsch, Hellblau. Das ist einer der Vorteile, die ich auch schon als Rohköstler bemerkte. Ich weiß gar nicht, wie ich mich verständlich machen soll. Also, wenn ich mir mit der Hand über das Gesicht streiche, ist es dasselbe, wie wenn ich mir mit der Hand zwischen meine Pobacken fahre. Es fühlt sich dort so sauber an wie auf dem Frühstückstisch. Das mag sich vielleicht etwas verrückt anhören, aber ich empfinde es genau so. Spränge ich im Sommer in einen See, würde sich dadurch sein pH-Wert vermutlich nicht im Geringsten verschlechtern. Eindeutiger Vorteil.

Wenn ich einmal im Monat Stuhlgang habe, ist es viel. Immer drei bis vier wie in Frischhaltefolie eingepackte Schokokugeln fallen dabei in die Schüssel. Klopapier brauche ich natürlich keines. Ganz wie die Hübsche es sagte. Das ist ebenfalls ein eindeutiger Vorteil.

Das hätte ich auch nicht gedacht, dass ich mich einmal mit einem Leuchtturm über meinen Stuhlgang unterhalte. Aber du sollst es den Leuten ja genauso wiedergeben, und das geht natürlich nur, wenn ich es dir sage oder besser gesagt in dich schreibe.

Die Veränderung ging auch an meinen Augen nicht vorbei. Sie sehen ebenso groß aus wie die der Hübschen. Ich finde, sie strahlen eine vitale, liebevolle Intelligenz aus. Ja, ist halt so, Hellblau. Als ich sie im Spiegel betrachtete, bemerkte ich, dass ich fast keinen Lidschlag hatte. Vielleicht alle fünf Minuten einmal. Wäre aber auch möglich, dass ich nicht so lange vor dem Spiegel warten wollte und deshalb blinzelte. Aber der gravierendste Unterschied zu vorher ist nicht nur, dass ich um einiges schärfer sehe, nein, vielmehr ist es die Art und Weise, wie das Gesehene rüberkommt. Es wirkt tot, zweidimensional, ohne Lebendigkeit. Es hat überhaupt keinen Anreiz, sich damit großartig zu beschäftigen oder besser gesagt sich zu involvieren. Wer oder was auch immer. Es ist wie in dem Zustand, von dem ich dir vor etwa sieben Monaten erzählte, als ich Traum und – in Anführungsstrichen – Realität wie zwei Filme beobachten konnte, nur irgendwie zweidimensionaler.

Nichts von dem, was ich sehe, hat Wichtigkeit, Attraktivität oder gar Sinn. Wirklich nichts. Eher widert es mich an. Anfangs fand ich es noch toll, beispielsweise wie sauber es zwischen meinen Pobacken ist oder das magentafarbene Leuchten auf der Haut. Oder die Liebe zu allem, die ich empfand. Aber heute ist es wie alles andere: einerlei. Es ist zwar ein Vorteil, aber für wen? Mir ist völlig das Interesse an allem abhandengekommen. Eigentlich müsste ich sagen: Ich bin mir abhandengekommen, doch wer sollte hier wem verloren gegangen sein? Denn die Instanz, die auf die Dinge reagierte, dieses individuelle Individuum, dieses »ich«, das wir meinen zu sein, gibt es ja nur scheinbar, und trotzdem erscheint es und tut so, als ob es tatsächlich jemand sei. Dabei ist es nichts weiter als eine notwendige Konditionierung. Es muss ja ein »ich hier, du dort« geben, damit die Welt so funktioniert, wie sie funktioniert. Dafür ist das Gefühl, jemand zu sein, unerlässlich.

Das war vor unserer Reise nicht so klar, Hellblau. Es war alles noch mit Leidenschaft durchzogen. Jetzt, wo mir die Welt flächig, traumhaft, einfach tot erscheint, besteht keinerlei Interesse mehr, mich zu involvieren. Obwohl es so etwas wie mich nicht gibt, muss ich es so ausdrücken. Ich nehme oft ein bodenloses Angewidertsein wahr, das nicht von mir getrennt ist. Ich muss mich dann übergeben, aber es kommt nichts, ich würge nur. Es ist nichts Spezielles in der Welt, was dazu führt. Eher ist es die Welt an sich, aber genau weiß ich das auch nicht.

Andererseits nehme ich diese alles durchdringende Liebe in jedem noch so kleinen Winkel wahr; und deren Dilemma, was mich wieder mit Lebendigkeit erfüllt, ohne die ich herumlaufen würde wie ein Zombie. Noch einmal, Hellblau: Wenn ich sage »ich«, tue ich dies nur der Konversation wegen. Dieses »ich« erscheint ebenso wie alles andere. Es ist wie ein zusammengetackertes Bündel. Löst man die Klammern, fällt es auseinander und hier liegt der Gute, dort der Böse, da der Denker der Gedanken, vis-à-vis der Wissende und da drüben der Mensch. In solchen Zeiten kann ich die Sinneswahrnehmungen keinem Ort mehr zuordnen. Ich nehme beispielsweise einen Hund wahr und weiß nicht, wo das Bellen ertönt. Es ist nicht beim Hund und nicht im Ohr. Es ist einfach da und ein Teil von mir. Oder das Schlucken von Wasser ist nicht meinem Körper zugewiesen, sondern ich spüre es einfach in mir als alles.

Diese Perspektivenwechsel geschehen sehr häufig und unangemeldet.

Im Allgemeinen kann man sagen, dass sich all meine Sinne in ihrer Funktion stark verbesserten. Aber als Vorteil kann man das nicht bezeichnen. Und für wen auch? Wem sollten sie einen Vorteil verschaffen, Hellblau? Allein das Wort Vorteil klingt völlig absurd.

Ja, Hellblau, so ist das. Vieles mag sich widersprüchlich für dich anhören, wie vielleicht, dass mich das Dilemma der Liebe nicht traurig stimmt. Wie kann einen so etwas mit Lebendigkeit erfüllen? Das ist so, weil ich zwar handelnde Personen sehe, aber auch, dass sie selbst nicht handeln, sondern sich die Liebe durch sie ausdrückt. Und das Dilemma ist eben, dass sie mit ihrem Gegenteil, mit ihrem Schatten erscheint, der nicht von ihr getrennt ist, ja ohne den sie gar nicht erscheinen könnte. Im Prinzip gibt es keinen Unterschied zwischen Liebe und Hass. Hass ist nur eine andere Form der Erscheinung von Liebe. Ja genau, so könnte man es formulieren. Eine Ambivalenz entsteht, weil ein Handelnder gesehen wird. Sieht man die eine Liebe – oder wie auch immer man es nennen will – hinter allem, verschwindet die Zwiespältigkeit.

Als ich vor ungefähr zwei Monaten mit meiner Freundin Wasserholen gefahren bin, hat es mich wieder einmal in alle Einzelteile zerbröselt. Ich hole es immer vier Ortschaften weiter entfernt an einem öffentlichen Brunnen. Weil mir dort das Wasser einfach am besten schmeckt. Dort fülle ich es in mehrere Glasballons, sodass es mir für vierzehn Tage reicht. Meistens trinke ich einen Liter am Tag. Wie gesagt zerfiel auch an dem Tag dieses »ich« und ich hörte mich nur noch ganz langsam reden. Es hallte dabei wie unter einer tiefen Brücke und ich hatte nicht den Eindruck, dass die Stimme aus mir kam. Es war nicht einmal der Eindruck von einem »ich« da. Ich sah mich verdutzt um, sah meine Freundin an, sah zu den Glasballons in den Kofferraum, um die fremd klingende Stimme irgendwie festzumachen. Meine Freundin sah mich mit zusammengekniffenen Augenbrauen an, worauf ich sie fragte, woher diese Stimme kam.

»Welche Stimme?«, meinte sie.

»Na die, die jetzt gerade redet«, erwiderte ich und versuchte mit nach rechts verdrehten Augen, die Stimme zu lokalisieren. Für einen Außenstehenden muss ich den Eindruck eines Geistesgestörten erweckt haben.

»Außer dir redet hier niemand«, sagte sie genervt. Und in

dem Augenblick nahm ich wieder alles wie gewohnt wahr. Meine Freundin rüttelte an meinen Oberarmen und sagte: »Wenn du nicht bald wieder anfängst zu essen, werde ich mich von dir trennen, hörst du. Ich halte das nicht mehr aus. Du bist nicht mehr der, in den ich mich verliebt habe.« Dann setzte sie sich ins Auto und wir fuhren stumm nach Hause. Auch ich spürte, wie sehr sie darunter litt. Mir fiel aber kein Ausweg ein. Ich rechnete jeden Tag damit, auf dem Esstisch einen Abschiedsbrief zu entdecken.

Zu der Zeit begann ich, körperlose Wesen zu sehen. Sie sind formlos, leicht durchsichtig, aber man kann nicht durch sie durchgehen wie in Geisterfilmen. Man wird unmerklich wie von einem Magneten abgestoßen. Zu manchen fühle ich mich hingezogen und andere finde ich höchst ekelhaft und schauerlich. Letztere ziehen teilweise eine übel riechende Schleimspur hinter sich her, die nach Minuten von selbst wieder verschwindet. Es schüttelt mich heute noch bei diesen Kreaturen. Wieder andere würde man gerne umarmen und immer um sich haben. Du kannst dir sicherlich vorstellen, Hellblau, wie man erschreckt, wenn einem zum ersten Mal so ein Wesen erscheint.

Meine Freundin und ich dösten damals gerade auf der Couch. Ich erwachte, sah dieses schwarze schleimige Vieh zu meinen Füßen und verkroch mich hastig so klein wie möglich in die Ecke der Couch. Meine Freundin wachte deshalb auch auf und fragte, was denn los sei.

»Nur ein schlechter Traum«, sagte ich und ging auf den Balkon, von wo ich die gymnastikballgroße Kreatur beobachtete. Ich hatte Angst, wenn ich ihr davon erzählte, würde sie mich für verrückt erklären und sich von mir trennen. Ich hatte damals das Gefühl, dass ihr nur noch ein i-Tüpfelchen dazu fehlte, das i-Tüpfelchen, das mich von meinem letzten sozialen Kontakt trennen würde. Aber ich sah, wie das Vieh an den Kopf meiner Freundin kroch und auf unserem Ledersofa eine braune Sabberspur hinterließ. Es hauchte Dunst aus seinem Maul, dessen scheußliche Ausdünstung sich schon vom Sehen her erahnen ließ.

Ich nahm also den Besenstiel, rannte hinein, stolperte über den Balkontürabsatz, flog der Länge nach auf das Parkett und stieß dabei den Besenstiel in den Fernseher. Meine Freundin wachte wieder auf und stand aufrecht auf dem Sofa. Um ihren Kopf hatte sie schon diesen braunen Dunst. Ich sah das Vieh neben ihr und schlug mit dem Besen mehrmals darauf ein. Der Schleim spritzte in alle Richtungen. An die Wand, in mein Gesicht, auf die herumliegenden Bücher und Elektrogeräte. Völlig außer mir schlug ich immer weiter auf es ein. Als ich wieder zu mir kam, merkte ich, dass es nur noch Matsch war und dass meine Freundin nicht mehr da war. Ich hatte Angst, dass die Kreatur etwas mit ihr angestellt hatte, und lief in die Küche. Nichts. Ins Bad. Nichts. Ins Schlafzimmer. Da war sie. Schluchzend schmiss sie planlos Kleidung in unseren größten Koffer auf dem Bett. Um ihren Kopf haftete immer noch die Ausdünstung von der ekelhaften Kreatur. Ich wusste nicht, was sagen. Jede Erklärung würde alles nur noch verschlimmern. Mit dem schleimigen Besen stand ich im Türrahmen, die Tränen liefen mir über die Wangen.

Ich hörte die Hübsche, wie sie damals sagte: »Ihr könnt froh sein, nicht das zu sehen, was ich sehe.«

Sie schloss den Reißverschluss des Koffers, hievte ihn

auf den Boden und rollte ihn neben mich. Ihre Augenwimpern waren von den Tränen verklebt. Wir sahen uns bestimmt eine ganze Minute lang an. Nichts musste gesagt werden, wir kommunizierten still über die Augen. Dann nahm sie mein Gesicht in ihre Hände und küsste es innig auf den Mund. So intensiv wie etwas, das man zum ersten oder letzten Mal eben berührt. Anschließend strich sie mir mit der rechten Hand über die Wange und verschwand für immer.

Seither habe ich sie nicht wieder gesehen. Als ich eines Tages von der Arbeit kam, waren all ihre Sachen nicht mehr da. Die Wohnung kam mir vor wie ein leeres Schwimmbecken im Winter. Manchmal auch heute noch. Der kaputte Fernseher steht immer noch da. Mit der Hälfte der Dinge in der Wohnung kann ich nichts anfangen. Sie stehen einfach da, mit der Bedeutung eines Löwenzahns am Straßenrand.

Tja, Hellblau, es hat alles seinen Preis. Du fragst dich sicher, ob es das wert ist. Klares Nein. Ich kann nichts Erstrebenswertes darin erkennen, die Zeit mit Dingen zu füllen, die einem halbwegs Spaß machen, nur damit die Zeit eben gefüllt wird. Oder allein im Bett zu liegen, an die Decke zu starren und zu warten, bis man eine Stunde verschwinden darf. Das Ganze hier als einzigen Fake zu sehen, der da ist, weil er eben da ist.

Die Frage eines Wertes stellt sich mir schon lange nicht mehr, Hellblau. Was hat schon einen Wert? Es gab auch nie einen Tausch: Selbstnahrung gegen Essen oder so was in der Art. Eines ergab das andere, ohne dass es da jemanden gab, der sich wirklich dafür oder dagegen entscheiden hätte können. So jemanden gibt es … aber eben nicht wirklich. Keine Ahnung, warum mein Körper ohne Essen auskommt und ohne die sogenannte Selbstnahrung. Es ist so, weil es so ist.

Mein lieber Hellblau, jetzt bist du an der Reihe. Ich übergebe alles in deine Hand. Mach damit, was du für richtig empfindest. Lass die Menschen es lesen oder nicht. Deine Sache. Ich liebe dich.

Herzlichst

Dein … Zeilenfüller

PS: Der kürzeste Witz aller Zeiten, Hellblau. Treffen sich zwei Erleuchtete.

GLOSSAR

Wie du weißt, Hellblau, hatte die Hübsche teilweise eine sehr eigentümliche Terminologie. Ich habe dir hier einmal die wichtigsten Begriffe daraus aufgelistet und erklärt, so wie ich denke, dass unsere Seminarleiterin sie verwendete. Alle anderen fand ich nicht relevant. Auch, damit du später nicht in Erklärungsnot gelangst.

Astralwelt: Eine Art zusätzliche Welt zu der, die wir gewahren, und die von manchen Menschen – wie auch der Hübschen – wahrgenommen werden kann. Offenbar interagiert diese zusätzliche Welt mit der unseren und die darin existierenden Wesen haben einen starken Einfluss auf unser Tun. Die Hübsche meinte, dass diese Wesen Teile unserer Seele besitzen und uns so steuern.

Gechannelt: So nannte die Hübsche das Empfangen von Botschaften aus der Astralwelt.

Nullpunktfeld/fünfdimensionaler Zustand: Damit meinte die Hübsche die Leere zwischen zwei Gedanken, also einen gedankenleeren Zustand. Auch befinde man sich hier schon etwas in der Selbstnahrung, nur eben nicht so stark, wie es beim Verweilen im Seelenraum der Fall sei.

Matrix: Mit diesem Begriff gab die Hübsche uns zu verstehen, dass die Welt so, wie sie erscheint, nur eine scheinbare ist, eine virtuelle, eine illusionäre, Hellblau.

Morphogenetisches Feld: So nannte die Hübsche einen Raum oder eine Sphäre, über die einzelne Spezies unabhängig von Ort und Entfernung unbewusst miteinander in Verbindung stehen. Besonders stark offenbar aber beim Flüssigkeitsaustausch auf heilerischer Basis. Grins.

Seelenraum: Die Steigerung des Nullpunktfeldes. Wo kein Gedanke, aber das Gefühl von absoluter Glückseligkeit sein darf. Die Hübsche nannte diesen Zustand auch: das wahre Selbst, das, was wir in Wirklichkeit sind, das ewige und unendliche Bewusstsein.

Meiner Meinung nach ist der Seelenraum der Versuch der Hübschen, das Unbeschreibliche, das Unfühlbare, das, was kein Zweites kennt und sich deshalb niemals selbst erfahren kann, weil es kein Zweites gibt, mit einem Glücksgefühl, mit Liebe zu verbinden.

Selbstnahrung: Die Hübsche geht davon aus, das das ständige Verweilen im Nullpunktfeld, besser noch im Seelenraum, also in ihren Augen bei sich selbst, als Nahrung genügt. Je mehr man darin verweilt, desto weniger entsteht der Drang zu physischer Nahrung, zu physischem Liebesersatz, denn darin ist man vollkommen zufrieden.

DANK

Vermutlich geht es jedem so, der eine Danksagung zu schreiben beginnt, dass er einfach keinen Anfang findet, denn alles hat dazu beigetragen, dass dieses Buch so erschienen ist, wie es nun vorliegt. Wo soll man da beginnen und wo aufhören? Beim Wetter? Bei der Ernährung? Bei dem Umfeld aller eng beteiligten Personen, dass sie zu denen wurden, die sie sind, um so ihren bestimmten Teil zu diesem Werk beizutragen? Meinen treuen lieben Geräten und deren Software und denen, die sie erfanden und entwickelten? Wo wäre dieses Werk ohne sie? Oder ohne den zurücknehmenden Charakter meiner Freundin. Als Autorenfreundin hat man meiner Meinung nach nicht gerade das große Los gezogen.

Ebenso wäre dieses Buch nie ohne Haruki Murakami entstanden, dessen Bücher in mir den Drang zum Schreiben erzeugten.

Auch die finanzielle Unterstützung meines Dads im Auftrag von Lissioma (meine liebe Lissioma) trugen dazu bei.

Sie sehen schon, es ist unmöglich, hier jemanden hervorzuheben, auch wenn ich es ansatzweise versuchte. Alles hängt zusammen. Eines kann nicht ohne das andere. All diesen Personen, Dingen, Begebenheiten gebührt mein Dank. Ihr Spirit ist Ausdruck dieses Werks.